舞动的青春

"6年西凤·丝绸之路杯"青年散文大赛作品集

夏泽民　王延安　主编

陕西师范大学出版总社

图书代号　WX16N1548

图书在版编目（CIP）数据

舞动的青春："6年西凤·丝绸之路杯"青年散文大赛作品集／夏泽民，王延安主编．—西安：陕西师范大学出版总社有限公司，2016.12
　ISBN 978-7-5613-8814-3

　Ⅰ.①舞…　Ⅱ.①夏…②王…　Ⅲ.①散文集—中国—当代　Ⅳ.①I267

中国版本图书馆CIP数据核字（2016）第303731号

舞动的青春："6年西凤·丝绸之路杯"青年散文大赛作品集
WUDONG DE QINGCHUN:6NIAN XIFENG SICHOUZHILU BEI QINGNIAN SANWEN DASAI ZUOPINJI
夏泽民　王延安　主编

责任编辑／	张建明　张　颖
责任校对／	王宁宁
封面设计／	鼎新设计
出版发行／	陕西师范大学出版总社
	（西安市长安南路199号　邮编710062）
网　　址／	http://www.snupg.com
经　　销／	新华书店
印　　刷／	西安市建明工贸有限责任公司
开　　本／	787 mm×1092 mm　1/16
印　　张／	12.75
字　　数／	180千
版　　次／	2016年12月第1版
印　　次／	2016年12月第1次印刷
书　　号／	ISBN 978-7-5613-8814-3
定　　价／	35.00元

读者购书、书店添货或发现印装质量问题，请与本社高等教育出版中心联系。
电话：(029)85303622(传真)　85307864

序

青春的力量

屈胜文

继2015年成功举办第一届青年散文大赛之后,西安报业传媒集团和西安智德通集团2016年再次联合举办第二届青年散文大赛,用文字为古城增添一点青春的气息。

青年散文大赛的关键词是"青年",是用年轻人一般初出茅庐的新鲜目光去观察描述和解读这个世界,书写主题鲜明、感染力强、生动鲜活、文字优美能反映我们这个时代青年的精神风貌的散文。正如梁启超先生在《少年中国说》里所写的:少年人如朝阳、如乳虎、如侠、如酒、如春前之草、如长江之初发源。

本次大赛收到近五千篇题材各异、风格多样的散文作品,参赛作者来自全国各地,他们中有在校大学生,也有年轻的公务员、军人、职员。参赛作品中,有本地作者深情描写西安的《羊肉泡馍恒久远》《漫步文艺路》,有在外地读书的大学生从游子角度书写西安城墙的《城墙纪行》;有写济南芙蓉街的《芙蓉街里的春天》,有记录自己远赴湘鄂交界羊楼洞足迹的《一座庄园的优雅倾诉》,有回忆书写自己在江南民居的天井中成长历程的《天井,记忆中的一抹蓝天》;而《西雅图的西安小吃店》则是一名远赴美国西雅图读书的留学生,描述自己在大洋彼岸吃到的带着乡愁的凉皮和肉夹馍……参赛作品里,有城市角落的细节,有柴米油盐锅碗瓢盆的生活,有关于人生和世界的深远思考;字里行间,有身边,也有远方,有对过往的回忆,也有对未来的憧憬。同时,作品中浓郁的青春气息,恰如一篇参赛作品的题目《我们离苍老那么远》。

为进一步引导青年散文作家践行习近平总书记在文艺工作座谈会上的讲话

精神，深入生活创作精品，在征文过程中，主办方还组织青年散文作家前往延安梁家河、铜川照金革命根据地、宝鸡西凤酒发源地和商洛棣花古镇采风。对此，中国散文学会名誉会长王宗仁先生赞誉说："此举走到了全国的前头，这种引导散文家'深入生活、扎根人民'的做法，非常值得在全国各类散文赛事中推广！"

西安晚报向来以注重文化品位为读者和业界所称道，晚报人更是有一种文化情怀和文学情怀，西安晚报的副刊始终和文学有着不解之缘，在《西安晚报》上发表第一篇作品，是陈忠实、贾平凹等许多陕西著名作家走上文学之路的第一步，西安晚报副刊更因此得到"文化的名片，作家的摇篮"的美称。2016年，《西安晚报》继承和发扬这一优良传统，推出了文学副刊类专刊《悦读周刊》，为读者提供了许多高质量的文学作品，在读者和文学界收到了热烈的反响，表现出《西安晚报》的魄力以及对当下文化发展的洞察力。

2016年，是红军长征胜利会师八十周年，对于长征，我们似乎已经十分熟悉，新中国成立后，从中小学课本到无数文艺作品，都一遍遍向一代代人讲述着长征的故事：爬雪山、过草地、四渡赤水、飞夺泸定桥……八十年后，也许我们更应该重温这样一次艰苦惨烈长途跋涉的精神内核——那是一次为了信仰的远行。八十年过去了，我们欣慰地看到，长征精神仍在我们身边。在这次征文的来稿中，在青年作者的笔下，他们有的远离父母身边负笈游学，有的到偏远农村扶贫，有的到山区小学支教……支撑这些远行的信仰和支撑八十年前长征战士的并无区别——更好的国家，更幸福的生活。在新世纪的长征路上，《西安晚报》仍将坚守对文化品位的追求和自己的风格，引导青年作者深入生活、创作精品，用文学全面展示我们所生活的时代。

（作者系西安报业传媒集团党委副书记、总编辑）

目录
Contents

天井，记忆中的一抹蓝天 / 1
八楼的麦子 / 3
一座庄园的优雅倾诉 / 5
我们离苍老那么远 / 7
幸福在哪里 / 9
吃青岁月 / 11
一棵青杨树 / 13
漫步文艺路 / 15
羊肉泡馍恒久远 / 17
西雅图的西安小吃店 / 19
边防的美食 / 22
城墙纪行 / 25
芙蓉街里的春天 / 27
海那边的牛肉面 / 29
酸枣树 / 32
黎坪，黎坪 / 34
穿衣 / 36
躲进光阴罅隙的柳编 / 38
仙人刺 / 41
畅游浐灞生态区 / 43
两棵柿树 / 45

小巷里燃起一盏灯 / 48

一个文学青年 / 50

杯宽日月长 / 52

远逝的老村 / 55

一篮夏天 / 57

钩沉老报纸 / 59

也走灵官峡 / 61

多年离家已成客 / 64

笑着流泪 / 66

寒窑随想 / 68

父亲不容易 / 70

薛家寨的车前子 / 72

一座城市的时光穿越 / 74

仔姜鸭 / 76

河西走廊的风 / 78

去意大利卖凉皮 / 80

石鼓山游记 / 83

漫步在梁家河的村道上 / 85

观荷 / 87

一池痴水 / 89

哈密，永难割舍的记忆 / 91

初心之路 / 93

我爸 / 95

蟋蟀的歌声 / 98

老房子 / 100

俺娘 / 102

暮歌人 / 104

不再重来 / 106

一川野草燃金蛇 / 108

访吴宓 / 111

母亲的布鞋 / 113

家的滋味 / 116

与美好的意外邂逅 / 118

最后一座麦草垛 / 121

佛坪老城 / 124

万般风情一碗面 / 126

夏日清凉风 / 128

婉约团扇 / 130

登山人 / 132

老柿树 / 135

做人如酒 / 137

吹笛人 / 139

西安味道 / 141

抓不住的时间 / 143

老岁月已售罄 / 145

拐窑和窑窑 / 148

我把人生比四季 / 150

长假七音符 / 152

求缺的毛笔 / 154

麦田上的星空 / 156

读信的感觉像春天 / 158

云中歌 / 160

一碗素面 / 162

舅舅的那一碗白米饭 / 164

乡味是一瓮醋 / 166

冷面搓搓 / 168

菜园纪事 / 170

定边的秋天 / 172

风雨老墙 / 175

大伯天赐 / 177

开学报名 / 179

写给外婆 / 181

古镇棣花 / 182

城墙记忆 / 184

万物生长 / 186

富平柿事 / 189

遥忆向阳花 / 192

2016年5月9日

天井，记忆中的一抹蓝天

◎江兴旺

  天井是江南农村一种特有的房屋格局。记忆中，家乡曾在20世纪70年代兴起一股建房热，大部分古老建筑被拆除。近些年，随着农村经济发展和生活改善，仅存的几座也被拆除殆尽了。

  与北方四合院的布局相比，南方住房的天井则显得玲珑别致，面积约两张长桌大小，四面屋顶向中央倾斜，阳光和雨水散入其中。周围铺以青石条，其中留有阴沟与室外的排水道连接。从室内向上看去，可见一抹蓝天。

  南方天井的设计充分体现了古代农民建筑师的最高智慧，也寄寓着乡民对富裕生活的朴素向往以及对生态系统的原始尊重。首先，"天井"的巧妙设计可使屋脊的雨水不流向室外，取吉名曰"四水到堂"或"四水归明堂"，以示财不外流；其次，晴天时，天井的露天部分可使和煦的阳光直射厅堂，既可使厅堂光亮充足，室内潮湿的空气得以干燥，又能延长室内木结构梁柱的自然寿命。雨天时，雨帘披挂，银珠纷洒，别有一番洞天；再次，天井是孩提时代的游戏场。在夏日晴朗的夜晚，孩子们围坐在天井旁，一边乘凉，听着父母讲故事，一边卧观星空。这大概就是西晋文学家陆机所描述的"侧间阴沟涌，卧观天井悬"的意境了。

  儿时，我家的厅堂中间就有这样一个天井。天井约五米长、三米宽，井边和井底铺以一人长的青石板。无论晴天或者下雨，天井都闪烁着古色古香的神秘。每到烧饭时间，饭菜的香味从天井弥散，向邻居致以温馨的问候，也惹得孩童们四处串门，因而它成了联系邻里感情的纽带。

在天井周围的石缝里,生长着各种各样的植物。这些植物利用短暂的日光,顽强地从石缝中钻出,并抓住一切依附物,在斑驳的砖块上显现其勃勃生机。

天井常年有水。因南方多雨,水无腐臭之忧。水沿槽积聚,清澈见底。槽内可养鱼鳖鳝鳅,也可养田螺。天井中央可摆花木,也可置水缸。鱼鳖鳝鳅等小动物既可清洁水质,也可使人养情怡性;花草树木既可使室内充满生机,也可怡人眼目;缸内雨水既可浇灌花草或洗刷卫生,又可养鱼养虾,紧急情况下还可用来扑灭燃火,可谓一专多用。

最喜欢的莫过于夏日雨天了。急骤或舒缓的雨水从高高的屋檐落下,一如幅幅透明的绸缎或串串晶莹的珍珠,在光亮油滑的青石板上铺开或飞溅。叮咚的水声清脆悦耳,似大珠小珠落在古筝的丝弦上,述说着那绵长而悠久的古屋和祖辈的历史。置身之中,如野外一片荷塘,醉入梦境。

离开家乡已经很多年了。每每回家探亲,看到家乡的巨大变化,心里总是很高兴,但高兴之余,心里还是有些许惆怅。在我的眼前,到处是水泥梁柱、瓷砖铁栏,我再也寻不见古朴的青砖黛瓦、流檐翘角了,我再也听不见那雨打青石条的叮咚声,我再也看不见穿过天井的那一抹蓝天了,我再也闻不见天井草木的芬芳了……在家乡,我行走在浑身透着现代化气息的居民楼中,却迷失了通往老宅的那条小径,我再也寻不见那古朴怡人的天井了。

2016年5月10日

八楼的麦子

◎梁培静

一直羡慕一楼的住户，有个小院子，有小块土地，想种点啥就种点啥。我家在八楼，只能望地而兴叹。

只能在花盆里养花了。在阳台上，我养了七八盆花。每天下班后，我都给花浇浇水、松松土，侍弄一番。有一盆居然长出了一株麦子。起初，我还以为是棵草，没在意，因为那个花盆是闲置的，打算以后移栽花木用。

没想到，这棵草越长越高，竟然结出了麦穗，赫然向我证明了它的身份。全家围着它啧啧称奇。儿子说，我一直以为是韭菜，经常给它浇水呢。

蓦然想起，这土是回乡下老家时，从自家地里挖来的。因为家乡的土质好，适合养花。

每天下班回家，我都围着这株麦子审视一番，看着它一天天拔节，麦穗一天天变大，心里生出小小的欢喜。

我相信，这株麦子和我一定是有缘分的。当它还是一粒种子时，隐身于家乡的泥土里，就在静静地等我到来。于是，我去了。它卧在一撮土里，随我坐汽车，转火车，几经辗转，千里迢迢来到了这个城市，安下家来，然后努力发芽，生根，破土而出，终于与我面对面。

我还相信，这株麦子是肩负着使命来的，是专门来提醒我不要忘记那片土地的。这株麦子，总是让我一眼就能望见故乡。

还在乡下时，这个季节，我喜欢在麦地里的田埂上走。麦田如一匹绿缎子，在眼前铺展开来，伸向远方。徜徉在麦子的海里，心也会被染绿的。

在许多个明月当空的夜晚,我和母亲一起,在麦地里浇灌麦子。清亮亮的河水,裹挟着水中的月亮,潺潺地流出沟渠,哗哗地流进麦地。母亲蹲在麦子前,说,听啊,麦子在拔节呢。我学着母亲的样子,也蹲下来,凑近面前的一株,凝神谛听,却什么也听不到。

麦子拔节的声音,到底能不能听到?这一晚,读完书时,已是夜深。我来到阳台,守着这株麦子,坐了很久,却始终没能听到我期望的那种声音。也许,母亲说的拔节的声音,是真正爱惜庄稼的农人才能听到的。

麦子居然会开花,虽然花只是一抹淡淡的白絮,附着在麦穗上。在乡下生活了那么多年,我居然不知道,而如今在城市里,我才真正认识了一株麦子。

麦穗在逐渐丰满,一天一天,会渐渐泛黄,最后会变成金黄。那时候,无论多忙,我都该回乡下老家一趟,与母亲一起,在广袤的田野里,用镰刀去收获一大片金黄。

如今,守着这株麦子,看得时间长了,我就觉得我就是这株麦子,或者说这株麦子就是我,远离了乡村,被移植到这个城市里,硬是在钢筋水泥丛林里生活下来,改变了命运。但一颗心,却始终在张望着故乡,因为灵魂的根,还始终扎在故乡的泥土里。

2016年5月11日

一座庄园的优雅倾诉

◎程应峰

定好行程去湘鄂交界的羊楼洞，天气预报说有雨。只是，定了的事，有雨无雨都不碍行程。

有雨也许会更好一些，这样一来，雨中的羊楼洞，或许更有情致，更有兴味。

去的路上，怀着要下雨的美丽心绪，默默想着那地方被雨水浸润的样子，心中，立马就溢满了葱茏古意。

又突然想，这地方为什么就叫了"羊、楼、洞"呢？同行便有人在手机中查开了。这地方有个美丽传说：一对青年男女逃婚到松峰山下，他们的白马化作山羊，山羊排泄的粪便变成茶籽，长出漫山茶树。夫妇俩在山下搭起竹楼，楼上住人，楼下养羊。加上这里群山如羊，别具洞天，人们便将这里称为"羊楼洞"了。

抵达羊楼洞，踏上青石板铺就的古老街巷，品读着油彩斑驳、风光如昔的商铺，我似乎看到了这儿曾有过的车马辚辚的繁华。只是，一切都成过往，一切都是旧影。虽然街巷之内还有商铺，还有人家，但已然没有曾经的风光和热腾腾的场景了。三五老人安然悠闲地坐在门前，些许孩童在街头巷尾嬉闹戏耍，少见巷中有年轻人来往。一问，才知道他们都外出打工谋生去了。

在这儿，山上除了茶叶就是竹林。村民以楠竹茶事为生，吃竹笋，编竹篓，喝清茶，靠山吃山。现如今，巷内巷外，静谧祥和，虽是繁华不再，却是旧影依稀。真可谓："羊楼古巷青石幽，洞庄百年木楼秋，千载修得茶香绕，观音泉韵洗风流。"

说到洞庄，其实是一座庄园。"羊楼洞"三个大字就镌刻在属于这座庄园的古色古香的门楼之上。羊楼洞有楼无洞，这楼，指的就是这古色迷离的洞庄门楼。只是，随着岁月变迁，它已尘封在过往的时光中，渐渐被人忽略，被人淡忘。

"唐宋以来羊楼三泉酽醉千年，东西口外洞庄川字飘香万里"，这副楹联，以及庄园之内的旧迹，令人浮想。这儿到底有多少传说，蕴藏着多少故事，只能任人睹物遐思了。可以想象的是，曾经的庄园主，一定是一把制茶醇香的好手，不然，就不会有以"茶香浓郁，清心提神"闻名的"洞茶"存世了。

洞庄前庭作坊，摆放着各式各样的农具，若隐若现着作坊工人们劳作的痕迹。洞庄之内，那些风格别致的建筑，在时光隧道中，默默诉说着风尘过往，诉说着茶马古道的久远轶事。洞庄庭院，有雕刻精致的藻井，有错综复杂的梁构，园林布设井然，排水系统完善，冬暖夏凉，无疑，是个非常适宜居住的所在。

庄园绣楼，门庭花楣玲珑剔透，房内雕床错彩镂金。驻足在庄园绣楼前，我分明听见了一位大家闺秀的优雅倾诉。不是吗？绣楼之内，她描莺刺花，名扬乡里，其花样流行于瓷都景德镇，作为样本被烧制于瓷器茶具上。绣楼前有一口青石砌就、做工考究的青古石井，有不间断的泉水汩汩涌出。现如今，有了自来水，这口古井也就只能作为一种景观在这儿落寞，在这儿怅惘了。

走过这口井，我真期望飘过一些雨丝，落在井水里，溅起一些撩人的水花，或是化作一杯清香缭绕的松峰茶，在那位落寞佳人的嘴角，漾起环环相扣的情感涟漪。

车辚辚，马萧萧，哒哒的马蹄不绝于耳。茶香在古镇缭绕，人气在古镇弥漫，可以想象的是，那时的羊楼洞，有归人，有过客，无论白昼还是夜晚，楼台馆阁，酒肆青楼，总有笑语不断，笙歌不歇。时过境迁，桑田沧海，繁华落尽，物是人非。现在，这儿还有青山簇拥下的一座外表凋败的寂静的庄园，只是，那些离人，那些茶事，已然被时光悄然淹没，一切的一切，只能盘桓于想象之中了。

2016年5月13日

我们离苍老那么远

◎曾 卉

在长沙火车站等车的时候，旁边坐着一个北方口音的奶奶，她说她从哈尔滨一路南下，前几天去了武汉，又来了长沙，正准备看桂林山水。

我惊讶不已，我不敢想象老年人竟然有这样的精神和气力，随后她又指了指身旁的奶奶团说："你瞧瞧，我们都是一起的，有十多个人呢。"我仔细看了看那群奶奶，虽然她们上了年纪，有的甚至头发全白，但精神抖擞，丝毫不显老态，更让人佩服的是她们每一个人都拖着超级大的行李箱，装备齐全，连我这个二十多岁的年轻人都自愧不如。

旁边的老奶奶也瞬间打开了话匣子，"我们啊，全国各地都去过，还去过俄罗斯、日本，每年都会聚起来四处走走，看一看外面的世界。"

我中途离开了一会儿，再回去时，身边的那位奶奶把座位腾了出来，她打趣道："我就知道你会回来，还不快谢谢阿姨。"我完全被她的积极乐观所感染，即使年华不再，却从不把自己当老年人，而是活出了比年轻人还要精彩的人生。

快检票的时候，其中一个奶奶担当起了临时领队，在拥挤的人群中，她的目光片刻都没离开过她的队员们，一次次地清点人数，直到所有的队员从检票口进去之后才与我告别。

与这群激情四射的老奶奶相遇的那天，我刚刚接连在不同的城市旅行，其间遇到了各种各样匆匆忙忙擦肩而过的陌生人，有为了生活四处打拼的年轻人，有为了养家糊口背井离乡的打工者，生活的打磨让他们向往安稳的生活，不再愿意四处奔波。

　　无意中打开一位已经毕业的学长的QQ空间，他拍了一大堆飞机票，并略带自嘲地写道："还差西藏和内蒙古就可以召唤神龙了，小伙伴有什么愿望都写下来吧。"以前总会想什么时候会有机会坐坐飞机腾云驾雾，等到真正毕业工作了之后，经常出差，在空中颠簸便又不情愿了。

　　二十多岁是个花枝招展的年纪，可是时常有人会感慨自己老了，不知道什么时候小孩子嘴里冒出来的称呼变成了"阿姨""叔叔"。仿佛一下子离奔三不远了。我们都忘了，其实距离耳聋眼花头发白的日子还有那么长，长到可以让疯草漫过整个过去和未来的时光，长到我们有足够的时间去疯狂，去流浪。

　　人生是美好的，生命是一段不可逆转的过程。于那群奶奶团来讲，如花的人生中，老了，却还是一朵花，于我们而言，未老，却没有花朵的朝气。都说岁月是无情的，然而，岁月无情亦有情，只要我们足够珍惜，只要能够读懂它的内涵，做一个岁月里的主人，留下一段美丽的故事。它一定会给予我们智慧。做一个懂得岁月的人吧，把它捧在手里，放在心上，慢慢地读，慢慢地体会其中的滋味……

　　因为，只要心依然年轻，我们离苍老就会很远。

2016年5月16日

幸福在哪里

◎宋勇军

幸福在哪里？虽然只有五个字，却意蕴深厚。有人于平凡平静中就找到了答案，但有人已在其中却仍然不知，甚至一生难觅答案。我曾千万次地问，也曾久久思索，幸福到底在哪里？

我曾用心来感受，陶渊明的"采菊东篱下，悠然见南山"、白居易的"在天愿作比翼鸟，在地愿为连理枝"、李清照的"常记溪亭日暮，沉醉不知归路"……那是一种多么透彻人生、追求浪漫、豁达释然的幸福啊！当然，幸福没有固定模式，每个人因各自的经历、生活的积累、人生的感悟而不同。

我想说：

幸福就在无限柔情、多姿多彩、让人心动的春天里。你看，有轻轻柔柔的春风，有润物如酥的春雨，有被风吹皱的春水，有随风摇曳的柳枝，有千树万树的梨花，有嫣红娇羞的桃朵，有天空飞翔的风筝，有自由奔跑的孩童……看着这一切，融入这春风春光春色中，很容易就陶醉了。

幸福就在其乐融融、温暖温馨如港湾般的家庭里。品着佳肴的鲜香甜美，听着父母的唠叨叮咛，看着儿女懂事长大，伴着爱人一起散步，彼此依偎依靠，诉说一天的辛劳，憧憬明天的美好，感受浓浓的情意，一天一天，一年一年……

幸福就在充实忙碌、互帮互助、激情燃烧的单位里。特别是有好领导，有好风气，有好氛围，只要努力工作、勇于担当、严于律己，组织的关心和同事的关爱将时常伴随。在这种"绿色生态"里，我们满怀激情地工作着，孜孜不倦地实践着理想价值，心情舒畅地收获着人生幸福……

其实，如果用内心的宁静与清澈感悟幸福，就会发现幸福就是在家有好爱人，无须多言和担心，家里总是一尘不染，井井有条，温暖舒适。幸福就是在外有好朋友，当遇到困难需要相助的时候，总会有人挺身而出，雪中送炭，解危济困，永远有感动着你的感动，幸福着你的幸福……

幸福也是在你疲惫忧伤、心有烦恼，感叹岁月易逝，青春不再，旅途艰辛，前路漫漫的时候，让自己迎在金色朝阳里，或置身灿烂夕阳下，听一首或悠扬或舒缓或低婉的歌，任思绪飞扬，忆难忘岁月，让烦忧飘散……

幸福也是在假期周末陪着家人，邀着朋友，远离都市喧嚣，走进世外桃源，去看山青水碧，去望层峦叠嶂，去数彩云朵朵。你看：山路弯弯，山花遍野；你听：山鸟啾啾，溪水潺潺。此情此景，令人心旷神怡，流连忘返……

幸福也是在暗夜里高举一盏明灯，为他人照亮前行的道路。路被照亮，他人易走，自己好行。多做善事，多施善行，多说好话，内心安宁，他人快乐，正气弘扬。只要尽自己最大努力给他人带来快乐安慰，那么我们也会被他人温暖幸福！

其实，无须刻意，无须茫然，幸福正静静地，在不远的地方等着你……

2016年5月17日

吃青岁月

◎范丽飞

父亲从田里回来的时候,揪了几棵青麦穗儿放在了桌角上,对正在做饭的母亲说道,现在正是吃青的好时候啊!

吃青,是指麦子还没有完全成熟就收下来吃,吃青的时令性强,只有大约半个月时间,吃青时麦穗必须灌浆饱满,时间若是早了,麦子还在冒浆,吃到嘴里只是一堆皮和浆汁;时间若是晚了,麦子已接近成熟,麦粒嚼起来时口感生硬,难以下咽。

记得小时候家里穷,买不起米面,而往年收的粮食又总是吃不到来年收割时,这时候父亲就会到田里割一些青麦穗儿回来,他把秸秆剪掉,只留下麦穗,而这些麦穗已略带有黄色的麦芒,父亲用粗糙的手剥离着它们,总是声声无奈的感慨。那个时候院子中央有一个石磨,父亲把青涩的麦穗放在碾盘上均匀摊开,然后推动石磙,几圈下来,被碾压的麦穗都成了薄如蝉翼的麦片,这时候,母亲就会拿来一个竹筐,把它们小心翼翼扫进竹筐里,看着竹筐里碧绿的麦片,将要成一顿美味的盘中餐,母亲的脸上便泛起幸福的涟漪。残留在碾盘上坑洼处的麦渣儿,母亲会把它一点一点抠出来,然后放进嘴里,生怕浪费掉一颗小小的麦粒。

母亲把锅里的水烧开后,就把那绿汪汪的麦片倒进去,然后用舀饭勺子不停地搅动,锅中的麦片色泽碧绿,清香扑鼻,待它们缓缓地沉入锅底,汤汁就开始慢慢地变得浓郁起来,这时候麦片粥就做好了。虽然没有经过烦琐工序的处置,但它的味道清新爽口,绵软滑嫩,至今我对于它的味道依然记忆犹新,在那个物资匮乏的年代，喝上一碗麦片粥，就算吃了一顿美味佳肴，那时，麦片粥不仅填饱了我们饥饿的肚子，同时也让我们享受着视觉的盛宴。

然而时下物产丰饶，人们不会再拿青色的麦穗来充饥了，麦子的那段光辉历程也就被遗忘在了大自然的深处，随之，吃青的岁月也就远了。但我会永远记得那些滋养过我生命的青青的麦穗，我会把它保存在胃的记忆中，那刻骨铭心的气息将会伴我一辈子。

我拿起父亲放在桌角上的一棵麦穗，放在手中用力搓了几下，手心处感到几丝温热，摊开手掌轻轻地吹去麦壳儿，便剩下那一粒粒青色的麦仁零碎地散在掌心里，它们晶莹剔透，似碧绿的玉屑，拈一颗青麦仁放在齿间，轻轻一叩，瞬间嘴里溢满了麦浆的清香，微微闭上双眼，好像自己早已置身于绿色的麦浪里，柔柔的风吹过脸庞，吹向了天边，它们好像带着使命似的不歇脚，要将那绿色的麦浪吹成金黄……

2016年5月18日

一棵青杨树

◎张亚宁

院子里有一棵青杨树。枝繁叶茂，枝干粗大，估计有些年代了。

这是一棵幸福的青杨树，这种幸福来自多方面。树冠如大伞，方圆五米之内有影。个头超过二层小楼还余数米。主干一人伸展手臂也难抱全。太阳上来，青杨树的叶子金灿灿的，熠熠发光，煞是惹人喜爱。若是下雨，特别是那种蒙蒙细雨连续几天不断，依偎在树叶的灰尘落荒而逃，叶子绿了，干净得能映出人影。看着眼前的青杨树，心里美滋滋的。要比成片花丛还有韵味，耐看。

搬进这家小院，青杨树的叶子正茂盛。肥油油的叶子爬满树枝，密密麻麻，楼前眺望树冠，还以为几棵树并排，一棵硕大的树显得很成熟，威武的卫士一般，直立挺拔。风吹来，枝叶有了几十度的大转弯，婀娜多姿的枝叶翩翩起舞，青杨树显得生机勃勃，年轻旺盛。风和日丽。

工作不忙了，我就站在楼道里看它，感到坚强和庞大。确切地说，我在一个夜里发现这棵青杨树的。单位乔迁新址，好多天一直忙搬东西呀清扫卫生的！只是看到我办公室对面有一棵杨树，并没刻意走近。一天夜里，赶写一篇文章累了，喝点水后在楼道散步。沙沙的响声把我迷住了。我总想，这么晚的夜，还能给寂静的单位带来一点天籁之音，自私点说就是带给我的。疲惫之意被夜幕下的青杨树以及哗哗作响的叶枝驱走，干脆端着水杯与青杨树同守小院。一般这个点，单位上除过门房里有位睡熟的老人，不会有其他人。我暗自为青杨树高兴，漆黑的夜晚，有我做伴，它一定不会孤独。

不知不觉，满树的叶子黄了，无数金片沙沙地响。秋天的午后，我对着青杨树感叹。茂盛的叶子黄了一段日子就走了，枝干孤零零地伫立。即使有几只鸟落在枝头，或叫或嬉戏。雪一遮，青杨树就不寂寞了，魅力无穷，一般人不会想到的那种美，我用手机多角度给这棵树拍了许多照片。

早上上班，晚上下班，或者离开办公室，闭上门的瞬间，会习惯地看一眼这棵青杨树。它就是我的知音。夜里白天，有风吹过，杨树的叶子沙沙鸣响。只要有风来，它们就唱起歌。有一天，我忽然醒悟过来。想起第一次发现青杨树，觉得自己在陪伴它，让它不独守夜空是有些可笑的。这棵青杨树在这个院里长了多少年了，它经过风吹日晒，雨淋雪浸，怎会在漆黑的夜里孤独起来？

我住进小院，是青杨树成长了多年之后的某年夏末的某一日，是青杨树带给了我太多的欢乐，我有它的做伴才是一种荣幸。写东西累了，我就站起来，端着水杯喝水，望着光秃秃的青杨树，与它一同等待春天的到来。

2016年5月20日

漫步文艺路

◎ 陈 辉

从城门洞里出来往前走,虽然步子不紧不慢,可总感觉到身后项背处,有着无形的压抑。高大雄伟的城墙,释放着凝重浑厚的气息。跨过护城河到十字路口,抬头就看见路左边大楼上的云纹图案在闪闪发光。楼前小广场上的几个脸谱柱杆,配着顶端的剪纸造型,望上一眼总会令人的情绪松动一下。马路上纷飞的法桐叶子,间杂着点点星星的槐树叶。这种外域树木上金黄色的大叶,洋溢着浪漫的色彩,搭配着本土槐树小碎叶绿色的朴素,倒也显出了协调与自然。

我一直认为在文艺路漫步,是能够激活头脑里的诗情画意的。当背对着宏伟的古城墙、在笔直宽阔的文艺路大道上行走,举首远眺巍巍的秦岭太乙峰的黛青,心灵的深处总会涌出几许思绪。

由文昌门出来走向文艺路,如同穿越历史的隧道。远古的厚重与现代的繁华,浑然一体相得益彰。我不知道城市的构建与发展,是怎样的一个思维走向。但历史的演绎兼容并蓄了深厚的文化底蕴,大唐王朝的文脉重地,这方李白、杜甫、王维、白居易诸班人等耀眼的舞台上,放射出绚丽夺目的唐诗光芒。虽然遗韵久远的风华并不一定有着必然的传续,但是毕竟这里承载过我们民族的文化脉络。一座城的安身立命,落满了十三个朝代的烟云风尘。同时,也洒下了灿然闪烁的智慧星辰。

向往光明是人类与生俱来的天性,因而对太阳的趋之若鹜是自然生成的。当古人谋求适意的生存方式时,同时也构建了自己的精神图腾。当文艺路向南延伸而去，身后依托着的是孔庙和魁星楼的庄重。历经了一千多年的繁华沉浮，大明王朝的管理者重拾先业，筑就这座方方正正固若金汤的城垣。而文韬武略的治世哲学，仍然确立了南通文理的崇尚追求，至此，文昌门的名称，吻合了几千年来一脉相承的文化根基，也顺延了一条令人惬意柔情的道路。

纵然如此，历史在这条路上还是不断地向前奔跑。当新生的共和国起始之际，从黄土高坡上的延安窑洞里首先走来了一群为工农兵服务的艺术家。由此，这里成为当时全国最集中、最大的人民艺术红色方阵。1972年，文昌门外向南去的这条路，被命名为文艺路。这个当时带着浓厚意识形态痕迹的名字，倒也不失有着时代色彩的浪漫。时至今日，这里仍聚集着多家文艺机构，其不乏有名冠华夏的一流团体和卓然超群的艺术精英。浓厚的艺术氛围，往往会让人艳羡联翩、流连忘返。

事物的变化往往会令我们始料不及。在20世纪80年代初，仿佛在一夜之间，文艺路成为繁华热闹的布匹批发市场。熙熙攘攘的人潮涌动和眼花缭乱的涤丝彩布，绝对霸气地垄断了这条街。一时间，这里成为西北地区最大的布品集散地。客商云集、生意兴隆之盛况，为古城的知名度添彩又加分，也为市场繁荣注入了新的活力。而时代的发展总在进行着不断的选择，生活方式的改变也必然会改变市场的运行方式。如今，斯街依旧、风光不再。没有了火爆的生意场面，再也不会有人对一尺涤彩欣喜若狂了，而文艺路也似乎成为一个"成也萧何，败也萧何"的喜剧角色。

迎着阳光我在文艺路漫步，但冬日里的寒风给人以萧瑟的感觉。踩踏着金黄的落叶，我总是胡思乱想着文艺路的前世今生。思想着它是一杯舒筋活骨的美酒呢，还是一款回味无穷的咖啡，或者是一碗寡淡无味的白开水。蓦然抬头看见路边高高的电子显示屏上，滚动着"赴京演出，载誉归来"的标语，我的胸前仍然是怦然心动。仿佛看到这条路上走过的那些身披彩霞的艺术名家，他们一个个光芒万丈、名扬永年，使文艺路这个称呼也名至实归。杂技团、京剧团、戏曲院、艺术馆、陕歌等等，无不洋溢着时代风采的精神气息。他们担纲着我们这个民族人文底蕴的主流去向，也给予了我在文艺路上漫步的一个充分理由。

2016年5月24日

羊肉泡馍恒久远

◎高 杨

相传，羊肉泡馍在古时候叫作羊羹。钟楼脚下有一家老白家泡馍，老字号了。听父亲说，他还是个小孩子的时候，就在这家吃过泡馍。除了泡馍，白家的水盆羊肉也是一绝。所谓水盆羊肉，是用上好的羊腩肉煮炖成汤，汤里煮着粉丝、豆干，撒上蒜苗，配上酥香脆口的芝麻烧饼，佐以糖蒜、辣酱。这是老陕西最贴心的一顿饭了。

水盆羊肉是羊肉泡馍的亲哥哥，还有个亲弟弟叫作羊肉小炒。羊肉小炒也需要将馍掰成小粒儿，但所用的肉不是清香的煮肉，而是用足了香料烧制而成的肉丁。炒制馍粒儿的过程，加上黄花、木耳、鸡蛋、番茄，临出锅再抓一把粉丝扔进锅里，立即起锅，让粉丝保持劲道，加上小炒酸辣浓郁的口感，您必得再备一碗鲜羊肉汤，才能舒缓一下紧张的气氛。

我常想，如果说这泡馍的口感清香绵密，像一位大家闺秀，那小炒野性十足一定是位江湖女子，是朵带刺儿的玫瑰，都是绝色的佳人呢。

大概是1987年吧，年轻的父亲和胡新中社长，编剧李哲明，戏剧家杨公愚先生，长驻北京两个多月，盘缠不够自己垫，挨饿受冻，最终居然事成。吃了羊肉泡馍的那天下午就接到了通知，中央批示，拨款给西安易俗社完成西安易俗大剧院工程。从天而降的喜讯使四个陕西人高兴得手足无措，终于可以回家了。北京都下雪了，西安也一定刮起了北风。易俗大剧院盖好了，有中央空调，就算刮北风，陕西老百姓也能舒舒服服地看戏了。"陕西人看不上秦腔，就跟吃不上羊肉泡馍一样难受。"父亲总是这么比喻。

"是什么给了你动力,在北京待了那么久,给单位做了一件大事,没有提成,没有奖金,图个啥呀?"我真不理解父亲这代人。虽然我也同样不理解比我们这一代更年轻、更自我、更独断的80后、90后。

"咱们家成分不好,是地主。我十岁进易俗社的时候,你爷爷因为自己的孩子要进戏班子,伤心地流眼泪。你奶奶哭着说,让娃找条活路吧,要不然就饿死了。我进易俗社吃的第一顿饭,是鸡蛋炒米饭,我吃了三碗。大厨师王生春伯伯问我,还吃不?我想吃,但不敢说,只用眼睛看他。他看看我,又给我满满盛了一碗米饭。"父亲说到此,总要停顿一下,似乎要接上一口气儿,"易俗社给了我们一碗饭,我们就要为易俗社贡献所有的能量。这不仅是一碗饭,更是个做人的道理。"

说完这些,他不再多说了。他是陕西人,脾气不好,固执得很。我知道在某些问题上,我们永远不能达成共识,他不是不会变通,而是拒绝变通。有什么办法呢,有太多的不同横亘在我们两代人中间,无法逾越。幸好这些不影响父女俩一有空就勾手搭肩去吃一碗羊肉泡馍,天南海北胡说海诨。父亲也许是对的,无论时代如何变迁,人总归是要走向同一个方向,不过是时间早晚罢了。

站在这个角度想,羊肉泡馍这种流传了几千年的传统美食,一定会流传下去,并且不断吸引年轻的食客。时光如此周而复始,很多事物在悄悄地发生着改变,却有更多的东西,千年以来一直未变,永远不变。

2016年5月27日

西雅图的西安小吃店

◎刘 鑫

我是西安市户县人，在西雅图读书已经五年了，陆续见证了三家西安小吃店开起来。

确切地说是四家，因为其中有两家一前一后，其实是同一个老板停业一段时间换了个地方和店名。说来也巧，这个老板每次都把店开在我住的公寓楼下，便宜了我这个西安人。

另外两家其实不在西雅图市，美国的城市很小，整个西雅图的面积跟我们大一点的乡镇差不多。只是因为西雅图是西北地区最有名的城市，所以把周边都统称为"大西雅图地区"。这两家店一家在西雅图北边的 Lynnwood 市，一个在与西雅图隔了一个华盛顿的 Redmond 市，距离我所在的大学区都有差不多十英里的距离，所以，要去这两家吃顿凉皮肉夹馍不是件容易的事情。没有车是根本不可能的，有车也要来回开四五十分钟的路程。几乎等于我从西安回趟户县，只为了吃顿凉皮肉夹馍，还没有冰峰。即使这样，有这么几个地方周末可以去，也是让常年在异国的我幸福感爆棚的一件事。

北边那家开得最早，大概在 2012 年，开始店名叫 Biang。我那时刚来美国一年多，每天心心念念的就是秦镇凉皮和户县软面。所以一听说有西安小吃店就马上找有车的同学带我去。三合一 biangbiang 面、油泼辣子面、凉皮、肉夹馍、肉丸粉丝汤、羊肉泡馍都有，每一样都有些味道，但绝谈不上正宗。然而那时候酝酿了一肚子的感情，点一份凉皮，还没吃就已经热泪盈眶了，再拍个照，发个朋友圈，这心心念念好几年的凉皮到底什么味道，也就没那么重要了。

　　2013年硕士毕业，在一家律师事务所工作，还住在学校附近，有一天回家惊喜地发现住的公寓楼下竟然开了一间西安小吃，叫QQNoodle，招牌上是一个大大的QQ企鹅，颇有喜感。这家店只承租了一个韩国超市的一半店面，既卖面条、凉皮、肉夹馍，还摆了一些蔬菜和豆制品。偶尔看见几个老外在里面吃肉夹馍总觉得有点哭笑不得，很想问他们："你们知道这是来自哪里的吗？"不过，被我赋予了一肚子乡愁的肉夹馍，对这个世界来说终归也就是一个肉夹馍啊。

　　2014年夏天我回国，听说那家QQ小吃店老板也停业回国度假了，再后来又开了几天，终于在八月份彻底停业了。不过我也去了明尼苏达大学读博士，也没再惦记着那家店了。

　　在美国的"北大荒"——明尼苏达待了一年后，我忍受不了中部残暴的天气和闭塞的文化，于2015年秋天又转学回了西雅图。

　　回来马上就租车去了北边那家西安小吃店大吃一顿。发现店还是那个店，名字却不再叫Biang，而换成了Qin。几个月后听说Redmond也开了西安小吃店，一去发现服务员竟然是以前Qin那家的，就聊起来，小姑娘告诉我说她是长安区人，表姐开了这家店，叫她来帮忙。原来北边那家其实就是他们家开的，现在卖给了别人，他们又开了这家新店。后来一次去吃饭又认识了Redmond这家店的老板，老板听说我是学法律的非常激动，拉着我讲了他们的辛酸创业史。由于不懂美国法律，他们不知道店名要注册商标，当时开店的时候就随便取了一个Biang做店名，结果被纽约一家注册过这个名字的西安小吃店起诉。她和老公没钱请律师，自己研究美国知识产权上法庭打官司，官司打了一年多，对方看他们实在不容易，就庭下和解了。后来才把店名改成了Qin。其实老板夫妇都是受过美国本科教育的，学了计算机，毕业又去了科技公司做程序员，是西雅图很典型的"双码农家庭"。生活本来毫无压力，只是因为把父母接来后父母完全没有事情做，才想到开一个西安饭馆让父母打理。于是每次去都能看见老板的父亲坐在店里，一个普通的关中老汉，在这个美国西北最文艺的城市的一个角落，端端坐着看中文电视剧，偶尔操着一口纯正的陕西话指挥指挥服务员。有时候坐那儿等我的凉皮肉夹馍，听着老汉的陕西话，一晃神会以为自己回了家，甚是亲切。

前几日下课回家，发现住的公寓对面竟然又开了一家西安小吃，直接叫Xi'an Noodle。我又惊又喜，作为一个远在西雅图的西安人，两次碰上住的地方楼下开家西安小吃店，这得是多么小概率的事件啊。进去一看，才发现原来是之前停业了那家QQ Noodle重新开张了，时隔两年之久，又换了地方，老板竟然还记得我，看见我十分激动。那句"老乡见老乡，两眼泪汪汪"，用在"异国"大概比"他乡"要更贴切些吧。

曾经以为自己可以走遍天下，尝遍各国美食，怎么可能会"被胃所困"。真的走出来了，却发现天下美食竟不如家里的一碗扯面，家乡路边的一个肉夹馍。究竟是"生活在别处"，还是故乡已经在你毫无意识的时候深入了骨髓和肠胃，变成了心理上，甚至是生理上的一份依赖？我还太年轻，大概回答不了这种关乎"人生"的问题。

2016年5月30日

边防的美食

◎ 贾　永

炊事班长抡着炒菜铲，从行军锅中猛地抄起一坨面条，右腿后撤一步，像扔手榴弹一样，使劲地往墙上一甩。见面条死死地粘在了墙上，大喊一嗓子："面熟了，开饭！"

我也说不清炊事班长判断面条生熟的办法有无科学依据，反正自打在新兵连看到这一幕，我便本能地对面条反胃。每逢连队吃面条，我宁愿冒着违犯纪律的危险去偷摘老百姓的香蕉充饥，也绝不瞧一眼那锅里的面条——直到三年后，我在广州平生第一次见到了方便面。虽然是那种极其简陋的印花塑料袋包装的方便面，对于我们这些边境线上守山头的大兵来说，已然是美食了。记得我把二十袋方便面带回去，就在我跑去打开水的当儿，全排战士已经以风卷残云的利索劲将方便面干着吃了个精光。下哨回来的四川籍胡姓副班长望着还未来得及打扫的"战场"，仿佛明白了什么，捡起一个塑料袋，空的，又捡起一个，抖抖，空的，一连捡起了五六个塑料袋，一边闻着一边抖，结果全都是空的。也许那气味儿确实诱惑了他，四川胡鼓着腮帮子埋怨："还战友亲如兄弟呢，有吃独食的战友加兄弟吗？"

要命的是这东西刚刚时兴，而我们离最近的县城也有百里，想买也买不到。一个姓龙的广东老兵探亲途中专程拐到正在兴建的深圳特区，带回两箱方便面，全连官兵在感动之余一致认为他家里绝对有海外关系。他含含糊糊不说是也不说不是。副连长甚至鼓动我去为他写什么"不到海外继承遗产、乐在边关奉献青春"的报道稿。直到一天深夜站岗无人时，老兵向我交了底，他家五服之内根本没有人出过国，那两箱方便面足足用去了他三个月的津贴，弄得这家伙那段时间一直追着我蹭烟，还不停地怪我："都是你惹的，谁让你的兵说那东西好吃？不过总算全连都尝新鲜了，不像你们几个，就知道躲起来享受。"

我们守卫的山头方圆几十里只零星住着几十户人家，山路崎岖又不通电，除了极小的一块地方外，三面都是雷区，种不了菜也贮存不了新鲜肉菜，主打菜基本上是榨菜、萝卜干、海带、罐头，外加土豆和萝卜之类。有个擅长美术的战士还创作了漫画登在了报上，标题好像叫作《连队菜谱》，画面上的内容是，"菜谱：午餐，萝卜白菜；晚餐，白菜萝卜"。连长气得把报纸甩在这个战士面前："画个头啊，瞧你那点出息，就知道吃吃吃，咋不画画咱们人在边关胸怀祖国的豪迈气概呢？"

胖胖的胡班副属于"肉食动物"，平日里最爱讲的就是"来个鸡肉烧茄子咋样，最好是鸡肉多点茄子少点甚至没有茄子那种"云云。那个夏季接连暴雨，几个星期没闻到肉味儿，胡班副每天摇摇晃晃执勤归来，几次定定地望着拴在坑道口的军犬呈思索状。直到有一天，当着军犬引导员的面，冷不丁地冒出了他的幻想："如果这家伙一不小心跑进雷区，轰，咱们是不是就能吃到狗肉火锅了？"引导员一听急了，松了牵狗绳，追着胡班副满坑道乱钻，恨不得让军犬撕碎了这厮。

边境大山中也不是"一无吃处"。当地有种土法制作的酸笋，用肉丝加干辣椒爆炒，十分下饭且极合我口味，但那东西是放到坛子中经过长时间沤过的，做熟之前十几米之外都能闻到那种发酵物的臭味，尤其是在夏天，炊事员每次炒酸笋得捏着鼻子操作。所以，虽然好吃，但难得动手做。刚刚从炮校分配来的二排长从小长在江南水乡，文文静静的，第一次帮厨就碰到了炒酸笋。二排长实在受不了那臭烘烘的味道，又不好躲开，竟然夸张地戴上了防毒面具。

几年下来，我发现食物单调其实也好处多多。一是锻炼了吃饭速度，二是弱化了味觉功能，吃好吃坏一个样。及至后来成了家，妻子见我不管吃什么都狼吞虎咽，没等她坐下来就一抹嘴离开餐桌，几次挥着筷子要敲我的头："你啊你，难道是饿鬼托生的？谁和你抢啊？"

忽有一天梦到了南疆的酸笋，醒来之后竟然有种欲罢不能的感觉，连忙给在那里的战友打电话。战友也是立说立行的那种,第二天就让人到乡间买了往机场送,怎料,送到了舷梯又被人家拦了下来,不用说满舱的旅客,连乘务员也受不了那种味道。待到包了几层塑料袋的酸笋几经周折托运到北京,我正巧外出公务,家人也忍受不了那味道的折磨,又担心左邻右舍抗议,也只好忍痛扔了。害得我至今也未能重温那往昔的滋味。

消息传到了边防,老战友又把电话打过来:"那东西现在很少有人吃了,街面上卖的也不正宗,要吃出当年的味道,还真的要到山里去,要不来一趟吧?"

我知道,分别多年的战友们是想一起聚聚。看来,真的应该重返一趟那块留下过我五年的青春和不少战友热血的地方了。

我那可亲可爱的兄弟们,你们可好?

2016年5月31日

城墙纪行

◎蔺诗芮

寒假回家,同样在北京念书的好朋友突然跟我说:"走一圈城墙吧,试试看。"我立即答应了。的确,一番远游后,我也想再好好看看这城。

我们是从南门,即永宁门,也就是今年春晚西安分会场的所在地出发的。

登临远望,城内城外风景人情一览无余。

城墙内建筑低矮,目力所及的多是一些老式平房,有些房顶上搭棚晒着衣服,门户与门户之间堆着盆子、杂物。我站在垛口处探出身子,城墙根的小路上,人们用卡车铺上席子卖着年货,人来人往的,都是老市民了。

城墙外则耸立着高大现代的建筑群,但不冰冷,也不无情。护城河流淌着灵动的气息。"城内城外",我和好友感怀着老一辈规划者的良心与苦心。

一路走去,途经几个箭楼,又见一处瓮城,这是东门,长乐门。在西安,西南方向的发展优于东北方向,东边城内不少是工地,还有些独门独户的散居院落。令我无比惊异的,是我在这里听到了鸡鸣,这鲜活的声音,在都市中带给我的,绝不亚于千年前"云外一声鸡"的那份喜悦。

北边是安远门,这是"古城第一门"。"犯我中华者,虽远必诛",看这般厚重的砖石结构,城门匾上遒劲浑实的"安远"二字,想来必是无虑了。西北角是金顶的广仁寺,香火不断,五色经幡摇动。

最后是西门,安定门。走到这边,我和好友也疲累了,但闻到食物香气时,我们还是不约而同一个激灵就精神抖擞了起来。西门内的回民巷全国闻名,浓稠的胡辣汤,鲜红的油泼辣子,厚木板上越剁越香的腊牛肉,饼铛里正变黄起酥的面饼。有老板坐在自家店门口掰着泡馍,有伙计拿着水晶般的大红石榴,榨出一杯玫瑰色小饮……

从南到东到北到西,一路,是西安的建筑、美食、风物与人物。从永宁到长乐到安远到安定,城墙上挂着灯笼的朱雀,变成了青龙、玄武、白虎。西安这个城市是说不尽的。

2016年6月1日

芙蓉街里的春天

◎刘云燕

老舍独爱济南的冬天，我却最爱济南的春天。当芙蓉街里桃花点点、泉水盈盈时，便是好时节了。

芙蓉街拥有着古朴的历史，它北起西花墙子街，南止泉城路。清乾隆三十六年《历城县志地域考》载有"芙蓉街"，街中有芙蓉泉而得名。素有"三山不见，一街埋金"之说，可见当年的繁华景象。

芙蓉街有着说不出的灵秀，仿佛明眸善睐的姑娘，有着清澈澈的眼眸，低头浅笑间，早已风情万种。如果你认为芙蓉街就是那个熙熙攘攘的小吃街，兜售着诸如臭豆腐、火爆大鱿鱼的那条街，你就错了。在我心里，芙蓉街是那些蜿蜒的胡同，以及藏在安静胡同里美美的春光。

最爱胡同里小小的门，里面多是洁白的墙，挂着摆着各种各样的小花草，或一把摇椅。门前不远处就是一袭清泉，时光静谧，似乎在等待着什么。芙蓉街里的老街坊安静地住在这里，看夕阳染红了石板路，看每一个春天里花红柳绿，溪水潺潺。

光阴静好，泉边摆几个小桌小椅，铺上一块细碎花蜡染的桌布，再摆上一盆小小的肉球花，春风柔和，坐下来，心似乎都醉了。待到喝一杯明前茶，茶香配着泉水，那自然是妙不可言了。

抬眼看，不远处，一个装修精致的小店里散发着暖暖的光。墙壁上挂着一个小小的黑板，上面写着：愿这个地方配得上如此美好的你。读来，似乎就更加有唇齿留香的美感。旁边的一家小店，写着：想把春天写给你。是啊，如果可以把美丽的春天写成书信寄给你。你收到时，可否感觉到了春光盈袖呢？

你细细地看，那些时代悠久的砖雕，显示了岁月的沧桑和人们对于美的无尽追求。那莲花上的鲤鱼，活灵活现，鱼尾巴拍打着水花，仿佛呼之欲出。而几朵桃花都一一放在不起眼的白墙角落处，似乎只为了增添一抹清新的诗韵。

喜欢芙蓉街中的温情与文艺范儿。小小的咖啡馆墙壁上涂鸦着：就想和你虚度时光。一生只爱一个人。等等。似乎只要拾阶而上，就可以寻得到那种浪漫而美好的情感。好在，光阴正好，阳光暖暖，一切似乎都刚刚好。一家小小的服装店，门口上书："那日桑间相会，谁知此地重逢，你还穿着我送你的衣。"旧时人们对于爱的婉约和表达，原来是如此唯美。

在一家小店里点上几个地道的鲁菜，先上来一壶花茶。上面写着温暖的文字："想给你的美好很简单，就像这一壶清澈的水。"不由得喜欢上这家小店，窗外杨柳依依，鲜嫩如烟。小店对联上书：满城泉水柳烟里，一曲溪流庭院中。想来，主人也是一位有情趣的文人雅士。

芙蓉街，它是繁华的，也是幽静的。《老残游记》里"家家有水，户户垂杨"便是芙蓉街的写照。而曾在芙蓉街居住的清代诗人董芸也曾吟道："一池新绿芙蓉水，矮几花阴坐著书。"芙蓉街的春天，缓缓地，静静地，又美美地。

2016年6月3日

海那边的牛肉面

◎钱墨痕

到台湾交流学习约莫两个星期了，基本上把屏东一带好吃的小吃尝了个遍，而我首先要说的就是牛肉面。

之所以要先说牛肉面是因为台湾小吃多由闽南传入，兼具客家口味，口感以甜腻为主，而牛肉面再怎么样也不至于会放些糖进去。来之前屏东大学的老师就在群里说，这边的菜肴清淡为主甜为辅，江浙一带的同学尤其江苏的不用担心，这里和你们家乡别无二致。我当时就想回：中国很大，江苏就算小也分苏南苏中苏北，刘强东一个宿迁人就算再怎么爱章泽天也没办法往豆腐脑里加糖吃。到了屏东方才发现一语成谶，饭菜短时间难以适应，同行的南京同学梦舟一面抱怨着没带罐老干妈来，一面跟我扎根在了牛肉面馆。

台湾餐馆菜肴的分量都偏小，每每正餐都需要加量才能填饱肚子。我们常常是要一大碗牛肉面，然后点上皮蛋豆腐、泡菜之类的小菜，两个人能把面前的四人桌全部占满。在中午十二点的日头下，坐在大碗牛肉面的面前，吹着空调，啜一口冰麦茶，面前红者红、白者白、青者青，想想都是美好的体验。这里的皮蛋豆腐与家乡不同，在家乡，往往是将皮蛋和豆腐切碎搅拌后装盘，而台湾不是这样，小碟子上来是一整个皮蛋和一整块的豆腐，吃时用勺子剜上一小块皮蛋加一点点豆腐，豆腐的松软，皮蛋的爽腻，再加上牛肉的韧劲，最后再由一口热汤将唇齿间融化了的美味一并送进胃里。

牛肉面主要特色便是在牛肉，大部分台湾牛肉面馆在牛肉面和牛腩面上分得很开，而我去的这家则打上了"牛肉上等，绝无牛腩"的招牌。真正摆到我们面前的牛肉也是大块大块摆放在面条上，与大陆牛肉面里作为盖浇的几片牛肉或者几粒牛肉大相径庭。现在台湾牛肉因成本原因大部分用澳大利亚牛肉，而好一点的则保留着用本地黄牛肉的传统，选料极为讲究，食客入口既不会觉得因瘦肉多口感柴，也不会觉得因肥肉多而没有嚼头。话说在移民之初，拓荒田野皆要用牛，牛是主要劳动力，自然舍不得饮其血而啖其肉。就连随客家人而来的牛肉丸，到了这里都改以猪肉制作，成了贡丸。

听店家说，牛肉面直到20世纪六七十年代才算真正兴起，而兴起的原因是为治疗外地人的乡愁，那时的人们大多离开大陆二十余年，纵还记得当年的味道也日渐模糊，而幸存下来的一点点在回忆中被无限美化，乡愁则与日俱增。而一碗牛肉面汇集了上海菜的红烧，广东菜的煲功，兼具四川菜的辛辣，无疑是可以满足很多人的舌头的。

面上来后去配置调料，挂名川味但这里的辣椒始终不怎么够味，我看到红颜色的就各加了一点，就这也没难倒我这个不算能吃辣的江苏人。辣加完了还要加醋，我从小偏爱酸的，在我的脑海里，面和醋是无可分离的两项事物。可台湾的醋多为乌醋，与山西陈醋和镇江香醋大为不同，介绍为"酸而不涩，酸中带甜"，而对于我这种喝惯了酸涩醋的人来说便只剩下了甜，除了甜还有初闻时一股冲鼻的中药味。起先辨识不出，次数多了才知道是正柴胡的味儿。

牛肉重要，但当然也不能不说到面。面条以手工面为主，食时能感觉到筋道超乎寻常。面条呈上来就忍不住下了筷子，牛肉面上放上了两株菠菜，加青色于其中更能吊起食客的食欲。本来吃面的习惯是吃一口面喝一口汤，但第一次尝新鲜事物，三下两下狼吞虎咽，再抬头发现面条已剩不多，面前只剩下碗中的大半碗汤。这时再把注意力转到汤上。得益于醋的不济，才能尝到原本的汤头。不知是加了什么特殊的料，汤头醇厚而不腻，细尝还能品到牛肉的肉味和菠菜的清香。

老板是江苏阜宁人，可惜他是第二代，从没有到过大陆，而当初留在大陆的亲戚们也都搬到了上海。他现在只知有故乡，故乡人却是一个都没有了。老板小的时候还常听父亲说起故乡，说起阜宁大糕，可等到他这一辈，却是一点感觉都没有了，就这样，故乡慢慢只写在祖籍这一栏了。

下午没课，久坐了一会，不觉间就剩下了我们一桌客人，厨房里也准备着打烊，我们这才告辞。台湾人有独特的生活方式，他们除了便利店极少有二十四小时营业的，一家店做早餐便是做早餐，做晚餐便是做晚餐，过了点有生意也不做，有气节得很。回想起第一天到屏东，晚上八点半到街上竟找不到可以吃饭的地儿，后来才知道是没找着门路，那个点要吃东西得去夜市，那里有人专门做夜宵，想必这也是本地人的生活态度吧。

2016年6月6日

酸枣树

◎房臣波

山坎上、斜坡上、岩石间、地瓜沟里、苹果园外，遍地都是酸枣树，通红酸涩的果子，血淋淋的指尖，是我童年最初的记忆。

我生命的前十年就尝尽各色酸枣了，但和后十年的滋味完全不一样。

前十年，我们摘酸枣、捅马蜂窝、挖红薯、潜水起河蚌、野炊，我再去园子里摘几颗苹果当饭后点心，童年的味道是酸甜苦辣。下一个十年，断流后的西山沟没有了水，也就没有了红薯，没有了河蚌，没有了果木，也就没有了小伙伴，这样的感觉五味杂陈。

只有酸枣还在，我们一同被遗弃，一样被冷落。我时常想起堂哥那张被马蜂蜇肿的脸，想起那个被父亲错怪的坏孩子，以及大渠道上那根被蚂蟥钻入吸血的干瘦的腿。

深秋，我只有和无数个红彤彤的小脑袋对视；冬日，我和它们在寒风里摇头晃脑。那是属于我们的私语、我们的仪式。

母亲在干枯的土地上艰难操扯着庄稼，荒草已经从脚踝爬上了她的肩膀，她还是不想放弃，她遵循一个最朴素的真理：有土地，就有希望。她不想被淹没，但还是被草根绊倒了，她没有哭，她也不能哭。父亲生意已经垮了，她精神不能垮，她拍拍身上的土，继续耕种脚下的土地。我打水回来，远远看着她，初秋的母亲，在草地里穿着浅浅的衣服，像一棵矮矮的酸枣树，我是知道的，那斜坡上的酸枣树，低矮、渺小，却有着顽强的生命力，它的根深深扎在贫瘠的狠板土里，足以支撑着一个人攀缘而上去摘更高处的果实，母亲也是这样，她把双脚稳稳扎在黄土里，硬是凭着一股死气力撑起了这个家。

父亲已经无处可去，他除了在这里佝偻着腰，就是在那里蜷缩着背，他不再练字，也很少看书，那时的他也只有在给我讲西岭沟的故事的时候，两眼才会泛光。从当年抓阄分荒地，到挖树洞栽果苗，从嫁接培育到施肥喷药，这些历史的瞬间总藏着让人着迷的故事，而父亲恰恰是一个忠实的口述者。要是没有他口中的故事，我也许走不到今天；要是没有他那一行"知识改变命运"的粉笔字，我也许不会坚持到现在；要是没有他的笔走龙蛇，也许至今我还游离于文字之外。

他说，百年前，这里曾有一座幸福寺，于制高点护佑着我们的村庄，幼时，他还曾临摹这里的碑刻，而如今，遍地残碑，酸枣树沿着缝隙扎根。在一片残垣断瓦上，我们默诵"空山新雨后，天气晚来秋"，这首诗是前十年我和妹妹诗歌之路的开端，当后十年我和父亲在秋风中默念时，却多了一份惨淡凄凉的意味，而能在惨淡凄凉中长吟"随意春芳歇，王孙自可留"的，也只有父亲了。现在想来，彼时站在我身边的，更像一个在时光的风烟里被贬谪流落的古人。

此后，我就经常去那座无形的庙宇。隔着薄薄的一层雾气，我看到，16岁那年的父亲，在寒冬腊月里将头狠狠拱进娘的那一抔黄土。寒风凋零了树叶，凋落了一颗颗灼灼的酸枣，第二年还能在山谷里开始下一段烟火繁华。然而，逝去的人会吗？

转眼间，我这颗西岭沟土生土长的小枣核开始了第三个十年，带着牵挂，带着留恋，我要去南京读书了。我终究没有辜负父亲，得知我考上重点大学的那一刻，隐没了许久的他猛然间从西岭沟荆棘丛里窜了出来，惊起一地麻雀。他灰头土脸，大街小巷报喜，那时的他仿佛又化作了另一个古人范进："噫！好！我中了！"

土地上有一棵树，一棵苍劲的树，贫瘠大地上结出的玉米、高粱、地瓜被母亲摊成煎饼，拌着酸枣酱，成了那个难挨岁月里最香甜的食粮；生命的崖壁上悬着一棵树，一棵浑身带刺的树，山再高路再陡，春天，闻着漫山枣花香，秋日，收获一树果子黄；从此，心中扎根了一棵树，一棵思念的树，一棵渐行渐远的树，无论海角天边还是十年百年，它永远是扎得你生疼生疼的乡愁和牵绊。

2016 年 6 月 7 日

黎坪，黎坪

◎冉学东

  有幸成为西大作家高研班的学员，且又在学科结束搭乘作家班的顺风车去了一趟黎坪。以前听说汉中黎坪很美，但终因路途遥远，又加之自己成天琐事缠身，始终与黎坪未能谋面。未到黎坪之前，我习惯认为河水流淌多半都是由西至东的，石川河如此，渭河亦如此，而巴山腹地这条名曰西流河的河水却让我对河流一直存有的记忆有所颠覆。

  大巴山所处在长江流域，因而与秦岭山脉的黄河流域在气候上存有差异。也因此，两地除过在土壤滋润程度上有所区别，饮食的爱好也有偏差，我最爱的，是黎坪人自酿的美酒"甜蜜蜜"。

  走进黎坪的大山，侧耳静静去听，一曲委婉动听的山歌由远及近传来，此刻，你会发现山坡地上一群牛羊走动觅食，似跟着音符舞蹈。虽然早已错过观赏陕南油菜花最佳时段，但是我们依然见到了汉中油菜花的余韵。不是诗人，却总想去寻找诗人的浪漫，伫立在群山叠翠的巴山脚下，顿时觉得在包罗万象的宇宙里，人是何等卑微与渺小啊！

  巴山腹地的涓涓泉水流入西流河，或缓或急的水流声因地势的舒缓与陡峭而起伏不定，鸟儿从清澈的水面掠过，或卧或立的山石形态各异，又有奇花异草与灌木丛林，可谓不折不扣的天然氧吧！尽管此山有着数以万计的草木，但却逃离不了新老交替与生死循环。

  采风当晚，作家班师生夜宿小木屋。这里昼夜温差较大，虽然已近五月，夜里依然很冷，但尽管是子夜了，大家在篝火晚会上久久不愿散去，我五音不全，还要自告奋勇亮亮嗓子，因为，我和大家一样，此时此刻，只有用歌声与舞蹈才能表达自己的愉悦之情。

　　后半夜，我梦中仿佛听到有人吹响了号角，千军万马的厮杀声一阵又一阵响起，有人坐在小木屋的走廊抚琴，美女载歌载舞……这场梦醒之后，我恍然明白过来，素有陕西九寨沟之称的黎坪，不正是因为有着远古的印迹才深受游客的青睐吗？

2016年6月8日

穿 衣

◎ 歌 者

去年我装修房子，不免也去了一次家装建材市场。那些营业员见人就往上扑，老头老太太都不放过，可硬是没一个搭理我的。本来我就不想去这种地方，去了没人理更是无趣，于是转了一圈就出来了。走路上才想到，人家不理我是有道理的，看我穿的这样子，就不像要装修的人，肯定是闲得没事干，混进来看新鲜的。

前年我在大理认识了郁姐。她毕业不上班，各个城市跑，摆地摊。去年她来西安待了一阵儿，别的我记不清了，反正她脚上还是在大理的那双鞋。有一天她说：我走路上，那些发传单招兼职的都不肯放过我。我跟女友说：一个女人，穿好穿坏全不上心，多牛。女友就给我翻白眼儿，她的白眼儿是有道理的：我夸郁姐，只因她不是我的女人。女友其实也不太在乎穿，但我就不能夸她，那样她会倒打一耙，说是我不给她买。

女友跟她姐说我：他一双拖鞋从大学穿到现在，鞋底儿都快磨透了。还好她姐说：他那人心态好，以后肯定能活到一百二。

其实我心态也没那么好。上初中时有一阵儿总是暗自伤心不平，因为自己没有新衣裳。大学报到那天，忽然发现胳膊肘上有块补丁，当时真有些无地自容。还好那衣服是格子布的，我妈的针线功夫也确实好，不细看看不出来。现在想想，老娘真是个人才，我在农村二十年衣裳都没见过补丁，到城里上学来了，她却给我整个这。真是上学一夜穷。

大一时我们在远郊的新校区，有一天我跑到城里，被"走过路过不要错过"的大喇叭喊进一家店，二十八块钱买了一件外套，不管好歹穿上身。结果一个同学说：有钱人啊，穿的耐克。又是无地自容。从此我知道假名牌是不能穿的，慢慢也认得了几个品牌标志，但终究是土锤一个。

人靠衣裳马靠鞍，狗挂铃铛跑得欢。衣服的功用，由御寒到装扮，由装扮到显耀，似乎已无法逆转。世家子弟爱繁华，精舍美食鲜衣怒马，本不必费心；穷人家的孩子，成天盼着穿新衣戴新帽，却容易生成病态的心理。英雄如项羽，尚且说"富贵不归故乡，如衣绣夜行，谁知之者!"那些一夜暴富的挥霍、一朝得志的猖狂，也就不足为怪了。

有人劝爱因斯坦注意着装，爱因斯坦说：反正没人认识我。后来他成名了，又有人劝他，他说：反正大家都认识我。本市政府有个领导，据我这小公务员所见，一年四季都穿的布鞋，就是我妈做的那种，条绒布帮子，白毛头底子。这大概也有点"反正大家都认识我"的底气在里头。有了底气啥都好说，难的是那种"反正没人认识我"的坦然、洒脱，没有这个，混不好就要跟孔乙己一样，穿着长衫站着喝酒了。

2016年6月10日

躲进光阴罅隙的柳编

◎冯富建

在陕北农村，柳编如同锅碗瓢盆一样普及，家家户户都在用。

春天，人们用柳编粪箕抓粪肥；夏天，人们用柳编筐子提猪草；秋天，人们用柳编筛子晒杏皮；冬天，人们用柳编笊篱捞粉条。平时歪歪斜斜地摆在某个角落里的柳编，看似无用却时时处处都帮衬着人们的生活。

砍割柳条的最佳时间是白露过后柳条刚刚发芽的时候。错过这段时间，柳条就变干变硬，不适合编织了。人们抓住时机，走进柳树林子，挑选粗细适中的柳条进行砍割。陕北人用来编织柳编的柳条有红柳、沙柳、榆树条等，但红柳条太硬，沙柳条较软，因而用得最多的当数软硬适中的榆树条。割柳条的日子里，父亲总是在天刚麻麻亮就提着斧头、背着绳上山了，到了放羊时间，当其他人刚准备出门割柳条时，父亲已经背着一大捆柳条回家了。父亲把柳条放在院子里，一家人就开始修剪拐枝和叶子。修剪柳条是一门技术活，不能把柳条皮子去掉，去掉便没有了韧劲，不耐用了。柳条修剪好后，大人们就抽时间根据柳条的粗细，用来编织不同功用的柳编。

爷爷是个编织柳编的好把式。家里的柳编大部分都是爷爷亲手编织的。爷爷编柳编的时候，我常常站在跟前看。看着看着，便用砍掉的小柳条模仿编织起来。爷爷教导我，无论编织什么样的柳编，都得先打好底子。万丈高楼平地起，编织柳编也一样。底子打好了编织出来的柳编才美观、耐用。"一回生，二回熟"，我跟随爷爷先学会了柳编打底，并慢慢地掌握了柳编的方法，能编织一些简单的小型柳编。

家里用的柳编，编织难度最大的当属编红柳耱了。编织红柳耱，需要红柳条，主要是红柳条坚硬，能经受住摩擦。在编织红柳耱时，大人们会把提前砍好凿好孔洞的木棒套起来作为支架，然后点燃一堆羊粪，待火势烧过后，把砍好的红柳条放在烧过的羊粪灰里烧热，红柳条烧热后就变软了，在编织的过程中不易折断。编织好的红柳耱非常耐用，堪称碎土利器。随父母上山种地，每每耱地时，我都会站在红柳耱上，两只手抓住两头驴的尾巴，像驾驶汽车一样，任由驴拉着红柳耱将土块耱碎。那一刻我也着实体会到了驾驶员的感觉，兴奋地喊唱几句并不娴熟的山曲，以表达庄稼人发自内心的欢快。

洋芋成熟了，父母用公式头在地里挖，我就提着柳编筐子跟在父母身后捡，刚开始还能跟上父母挖洋芋的节奏，但捡一会儿就劳累不堪，坐在拾满洋芋的筐子上休息。父母看见我坐在筐子上，就责怪我不爱护筐子，不懂得编织筐子的辛苦。

杏黄了，人们将杏摘回家后，挑选一些软硬适中且甜美的放在家里平时吃，将其余绵软的杏皮剥下来，放在柳编筛子里晾晒。一个个圆形柳编筛子盛满黄灿灿的杏皮，在阳光照耀下，散发出酸而甜的味道，缕缕清香随风扑面而来，令人不由得流出口水。这是冬闲时候，妇女儿童的美食。

麦场上脱粒的庄稼，人们要倒回粮食窑的柳编囤子里储存。粮食囤子编密实了，既通风透气又隔潮散热，粮食存放的时间久长而不变质。粮食窑里，粮食的多少是农人们的底气。粮食存满囤子，几十年吃不光，遇到灾荒也不心慌。为了避免鼠虫糟蹋庄稼，人们就将囤子用木头支架起来，鼠虫爬不到囤子里，就只能蹲在粮食囤子下面闻闻粮食的味道了。

每次走亲串门，母亲都会带上几件用细嫩柳条精心编织的小筛子或小筐子，当作稀罕物送给城里的亲戚。城里的亲戚看见精致的小柳编品，也个个喜上眉梢，夸母亲真是个巧手。小小柳编品的赠送，也成了加深亲戚之间情谊的纽带。

柳编是乡下人生活中不可或缺的用具。人们编织一件柳编不容易，用起来也特别爱护。有时，筐系子断了再续上，筐底磨损坏了，就用布条缝上或者垫上纸箱子继续使用，总是舍不得扔。筐子的筐沿若开了，就如同大坝决堤一般，很难再补回去，最后导致柳条一层层剥落，这也标志着一个筐子的生命就此终结了。

  柳编消耗着自己的身躯，为乡下人的生活立下了汗马功劳，让人们由贫穷走向了富裕。但在时代的变迁发展中，柳编的服役期限已满，被主人搁置起来，躲进了光阴罅隙。

  前不久，回乡下老家赶事情，顺便看看久违的老家窑洞院落，透过残破的窗户纸，看到炕上摆放着柳编筐子、柳编糖等物件，周身结了蜘蛛网、落满了岁月的尘埃，我的心不由得一阵悲凉，我怀念那个欢快的编柳编、用柳编的年月，更怀念过去那一双双编织柳编、编织美好生活的粗涩大手。

2016年6月15日

仙人刺

◎黎　峰

　　我右手食指上，有根扎进很深、拔不出来的细刺。日久经年，长成了一个褐色的点。我已经习惯并常常忘记刺的存在。只是如同秋风秋雨天容易勾起人的别样情愫一样，在一些时间里，我会看着指肉里的小刺，发上一会儿呆。

　　刺来自仙人掌。两年前，我和两个同事在汉中勉县驻村联户扶贫。村委会院子内侧坡台，是一户人家的院坝边沿，那里长有一株扁叶形仙人掌。仙人掌叶片阔大，四散生长，中间几片结出了五六朵黄色的小花。我们在村委会出出进进，这些黄色小花就在我们眼前摇来晃去。

　　这户人家五六年前迁至外地，人走屋空，门窗干裂，看得见蛛网摇曳。驻村期间，我常驻足他家的仙人掌下，观看那黄色小花，想象这家人此前在此如何生活，又为何离开。本地并不生长仙人掌。我愿意相信，仙人掌是这家女主人或者这家女儿，某一天在城里路过花店时，兴之所至买了回来。也有可能，是这家的儿子在家里装了电脑，专门买来仙人掌减少辐射。于是，在一个阳光金黄的傍晚，这盆仙人掌从汉中或县城来到这个家庭，全家人都曾为它浇过水，都欣喜地数过新冒出的细嫩毛茸的新叶掌。然后，在这家人就要搬家进城那个细雨蒙蒙的早晨，仙人掌被移栽到了院坝边沿，成为他们对老屋的守望和念想。

　　我们去时，仙人掌已经长在那里，我们走后，它依然还要在那里生长。在我们驻村结束，即将离开的时刻，我四处寻摸，想要带走一块小石头或者其他什么留作纪念。张望之间，我看见了仙人掌黄色的小花。我爬上坡去，想要拽下仙人掌外侧的叶片。激动和笨拙中，仙人掌毛刺扎了我一手。刺进手指，痛彻心底。如同一盆凉水浇向火苗，我的激情在瞬间冷却，惭愧、沮丧、后悔一下子涌上心头。

在和村民们告别时，自己还文绉绉地和村民们说"人间未有归耕处，早晚重来此地游"，还沾沾自喜地以为，我们争取了三十多万元专项资金，为村子里修建了一段水泥路，打了两座蓄水围堰，还以为自己是扶贫功臣，干了多少了不起的大事呢，其实也只不过是尽了扶贫的职责和本分。筹措资金也好，开展脱贫项目也好，说到底还是国家财政的支持，并没有掏自己的腰包，我们不过跑了些腿而已。就干了这么一点儿小事，还生怕别人不知道，还生怕自己忘记了，还非要在村子里找一点纪念带走。真是书生意气，酸腐可笑呀！早就该有刺来刺穿我的故作斯文，刺穿我的自我感觉良好，刺穿我的自以为是，刺穿我的自命不凡！

当时，我都感觉到自己的脸在发烫了。一旁的村干部飞快地上去，帮我摘下一片仙人掌。我接了过来，却又在走出村子的时候，悄悄地种在了一块山地旁。山川泥土滋育万物并不为功，人干丁点小事却自诩劳苦功高，就让仙人掌在自然的阳光雨露中生长，并成为自然的一部分吧。我等也真该放下自视为珍珠的清高，放下被埋没的自艾自怜，去作一团泥土，让众人踩成路道。

2016年6月17日

畅游浐灞生态区

◎金 哲

正是"草树知春不久归,百般红紫斗芳菲"之际,我在灞桥老街口乘坐浐灞旅游1号线公交车,去游览浐灞国家湿地公园。

当公交车穿过我所熟悉的灞桥老街,奔驰在灞河西岸时,眼望着昔日的荒滩及沙坑,已成了绿树成林繁花似锦的公园和依河岸而建的楼群,真让我感叹不已。因为,我虽从小就居住在灞桥区,小时候也骑车到这里郊游过,但后来到高新区工作并在那定居之后,就很少再涉足浐灞了。如今趁轮休乘公交车"走马观花",立刻被灞河的巨大变化所吸引。

当公交车行进至浐河西岸时,岸边的桃花潭公园让我眼前一亮。浐河,曾是古城西安的"垃圾河",岸边垃圾成山,河水污浊不堪。可眼前的浐河,河岸上下广植林木花草。不时可见临河而建的观景楼台及过河廊桥、栈道。而桃花潭也果然名不虚传,河岸两边红艳艳的桃花灿然如云,缀连成片,与随风飘拂的柳枝相映成画,让人陶醉不已。

当车又经过水面更开阔也更让人惊叹的长安码头之后,总算来到了灞河与渭河交汇处的浐灞国家湿地公园。

公园入口处不远,是一绿色廊门,上写"起源门",亦是观光车起点处。此门是以写意山水手法使建筑本身与大地景观完美融合,造型仿如碧水扬波,又似划石为界,是公园的主要入口,意在引导游客进入美妙的湿地世界。循着桃花灿灿、柳丝簇拥的景观大道走去,只见园内湖塘纵横,曲桥廊亭随处可见。而沿湖铺设的木板栈道,曲径通幽,把游人引向如诗如画的水域深处。站在公园的任何一处，都是一天然美景：到处都有红艳艳的桃花，洁白如雪的玉兰花，金黄色的连翘花，还有一串串诱人的蓝丁香。就连路边草坪里的蒲公英、兰草花，也借着春风生发，绽放出艳丽的花朵，真是"繁花欲乱迷人眼"。等走到科普馆时，却见环水而建的半圆形大厅周围，布满了许多高低不一绿色管状的东西，甚是不解，询问工作人员后才知，科普馆取意"芦曲"，以湿地生态植物符号"芦苇"为灵感元素。

当我循着木板栈道步入"野趣区"时，深感这里有着"斜阳飞絮笼烟霞，长蒿尽处野人家"的山野情趣。一望无边的湖塘四周，布满了曲桥及廊亭，有的还延伸入湖塘内，有的则通向更远的景点。而湖塘内的芦苇，才刚刚长出新芽，高不过半米，却又嫩又绿。而湖塘里的鱼儿，正结队悠闲游动，有的还时不时跃出水面。更有趣的是，在一拱桥处，水流湍急。而在流水下游处，汇集了一大群红色锦鲤与黑色草鱼。只见这些鱼儿争着逆水冲行，却又被湍急的湖水阻挡下来。偶尔可见黑色草鱼能侥幸"过关"，但那一大群锦鲤似乎还不甘心，仍汇集在水流低处，准备再次逆水冲行。游人们见此奇观，纷纷驻足观看，惊叹不已。而走到湖塘另一侧，却见有三只天鹅在湖塘里游动、追逐，并不时发出叫声。而湖岸边的树上，栖息着十多只白鹭，随时准备出击水面，捕获"猎物"。再沿栈道前行，见路标上依次写的是"火晶映波""渚洲环碧""芦荡惊鸿"及"荷塘蛙鸣"等景点，单看这些景名，无不充满了诗情画意，令人神思飞扬。但正值春日，要想观赏"荷塘蛙鸣"及"芦荡惊鸿"，就只能到夏秋再来了。而遥望湖对岸白色高大的观鸟塔，其造型犹如一巨大的鸟头，甚令人向往。涉过一在河水中用巨石搭成的小路之后，便来至鸟塔之下。塔体九层，高二十四米，是公园的致高点。登上鸟塔，远望水天一色的湖面，一行白鹭青天远去，近看几拢细柳如雨似烟，我陶醉其上，不忍离去……

还一江清流给渭河，送一缕清风给西安，这是浐灞生态区的庄严承诺。据说浐灞生态区正在积极推进雁鸣湖和广运潭公园建设，这些生态公园将为古城西安带来别样的生态气息。但愿我们西安市民在游览浐灞生态区的诸多公园时，都能铭记这些为让西安早日实现水韵林城，成为国家森林城市而辛勤付出的园林人及建设者们，因为正是他们的不懈努力与付出，才让今日的浐灞旧貌换新颜，处处有绿色，处处有美景。

2016年6月20日

两棵柿树

◎周 琦

老家在白鹿原下，宅院很大，依着崖势凿了三孔窑洞。窑洞到平房之间的庭院，种了两棵柿树。那是奶奶在我出生的那年春天在集市上买回来，作为纪念栽在院子里的。栽树的时间应该是三月份，我是两个月后出生的，我是长子长孙，家里人格外高兴，这两棵柿树对我来说就有了象征意义。

这两棵柿树长得很端直，在我记事时，已经有胳膊粗细，开始开花结果了。开春的时候，柿树便长出鹅黄嫩绿的叶子，不几天就披上了浓绿的衣衫，在微风吹拂下跳跃着耀眼的光斑。四月初，密密的绿叶间开出淡黄色的四角星的花，绽放着涩涩的香香的特别的味道，偶然会看见蜜蜂"嗡嗡"着飞去采蜜。柿树花期一个星期左右，花很漂亮，女孩子会用细细的红绳穿起来，挂在脖子上，就是美丽的项链了。

柿子花落了，四瓣的花托里就看见绿色的柿果，成熟要到农历十月份以后，秋霜打了以后的柿子才冰甜好吃呢！而这中间炎热的夏季却是难熬的，正是坐果的时节，高温缺水，柿树底下就落满了青涩的小果子。奶奶就给我说："去，那是你的树，赶紧给它浇水去，你看果子落成啥样了！"

我就屁颠屁颠地端着水盆子，从树根浇下去，看着水在土里冒着白汽，"刺溜"一声钻下去，想象着树也像人一样饥渴地喝着水，这下该喝饱了吧，明天不会再落果子了吧？第二天一大早，我跑到树底下，还是一层数不清的落果，我几乎要咧着嘴哭了。奶奶告诉我："没事儿，树上果子多着呢，结得太多了树也累，树也要歇一歇呢！"

是的，这一年柿子结得繁，第二年树上的果子明显就稀稀拉拉。秋天的时候，柿树叶子黄了，柿子就藏在叶子里，秋风一吹，全就红通通地显露出来了。这是我们最开心的时候，爸爸在树上用手或者夹竿把果子摘了扔下来，我们在底下用筛子或者布单子接着，接不住的话，果子就掉到地上摔得稀巴烂，我们左转右移、大呼小叫地欢喜着。奶奶专门给爸爸交代，不要把果子全摘完了，要给树留几个，不然就把树气死了，明年就不结果子了。爸爸答应着："还要给鸟儿留几个呢！"

最后一场秋风扫落叶，柿树的叶子就落光了，冬天一落雪，地上、崖上、房瓦上一片白茫茫，柿树黑黢黢的枝干上，稀稀落落挂着红灯笼一样的果子，两只灰喜鹊蹲在树枝上"嘎嘎"叫着，奶奶在厨房里拉着风箱，炊烟升起，这是北方乡村最常见的景象，也是深刻在我脑海里的故乡记忆。

盖房的时候，因为一棵柿树刚好在地基范围内，只好把它移到别处。当时是秋收之后，树上已经结满了青里泛黄的柿子，几个人把树从土里连根挖出来，奶奶一再叮咛把根留大些。可惜的是，虽然做了很多努力，根也留得大，水也浇得多，但毕竟移栽的不是时候，第二天树叶全枯萎了，柿子也吧啦吧啦往下掉，光秃秃的树干没有了一点生机。奶奶无奈地说："人挪活，树挪死，古人的话没错啊！"

我的心里很难过，因为这是我的纪念树，对我是有象征意义的。我是一个不甘命运爱折腾的人，自参加工作至今，挪了很多单位，有主动有被动，但命运基本把握在自己手里，即使是在不如意的单位，我也像蒲公英的种子一样，顽强地适应生长，并开出卑微却鲜艳的花朵，展示自己生命的尊严与骄傲。奶奶说，树挪死人挪活，其实树是能挪活的，关键是季节合适、方法正确，人的挪移也一样的，也有挪死的，还是在于自己的主观能动性和应变能力，当然还有其他诸多因素。

于是乎，我的纪念树就剩下了孤零零的一棵，四周没有其他高树的遮挡，长得越发挺拔高大了，树干端溜溜的，竟然像白杨树一样高了，采果子都很困难。爸爸说："果树么，咋长得像材料树一样，恁高的！"话音一落，拿起刀锯，端来梯子，爬上树杈，大刀阔斧地修剪起来，大大的树冠没有了，只剩下枝杈。爸爸打量着自己的作品，歪着头笑了，不知是满意还是不满意，我心里说:"啥嘛,糊弄呢,这么难看,树气死了,明年就不结果子了!"

果然,第二年直到清明前后,其他树早就绿莹莹了,这棵柿树上才冒出几片拧巴巴的叶片,秋天树上可怜几个果子,还不够喜鹊吃,我们也就没有机会吃上甜甜的柿子了。

爸爸有点后悔地说,以后不再修剪了,长啥样就长啥样,只要它结果子。我说这就对了,野外生长的树是最幸福的,自由自在。幸而第三年柿树又恢复了以前的生机勃勃,一到秋天,又会挂满红灯笼一样的柿子,红艳艳的颜色馋得人口水直流。

后来,院子里栽了许多的花草树木,还不乏一些名贵的品种,但是我还是喜欢这棵柿子树,平凡质朴、实在有用,这也是我做人的理念。两棵柿子树,我的纪念树,命里注定,这就是我人生的象征。

2016年6月21日

小巷里燃起一盏灯

◎李 晓

那一年，因为父亲在城里上班，我由乡下学校转到城里上初一。

学校夜自习下课以后，我每天要经过一条黑漆漆的没有路灯的小巷子。腊月里的一天，小巷人家里有人过世，传来哀哀戚戚的哭声，吓得我跌跌撞撞地奔跑。石板路上有一层青苔，我一个趔趄滑倒在地，门牙把嘴唇磕破了，血一下流了出来。

我高一脚低一脚地走在小巷子里，突然想哭。小巷里的风呼啸着打转儿，像是凄凉的哭声。我想起一个人走在乡下黑夜的山梁上，风也是这么来来回回吹，为了壮胆，我独自哼起了山歌。

前面一扇窗户突然拧亮了灯，一扇木窗推开了，灯光投射在小巷里的路上。我抬头一看，只见一位老奶奶正探出头来，朦胧的灯光下，我看见她慈爱的脸。老奶奶不说话，但我看见她在冲我笑着，那意思是说，孩子，快走，奶奶给你灯光。

第二天中午放学回家，我经过那条巷子时，只见两个老人靠在两把藤椅上，他们手里各自握着一杯热茶，正笑眯眯地说话。我明白了，这是小巷子里的一对老夫妻，望一望他们家那木质雕花的窗户，我想，他们差不多与这条小巷子里的风霜岁月同龄吧。

几天后，我晚自习后回家，小巷子里有了灯光，我一看，呀，是老人把一盏灯泡挂在了门前，为我，为我这样怀着胆怯心情回家的人，亮起了一盏灯。

这一盏灯，就这样陪伴着我读到了初三。初三下学期的一天中午，我放学回家经过小巷，只见两个男人从老人房子里抬出一个人，快步冲出小巷子。

一连两天晚上，小巷子里的灯没有再亮起。第三天中午，我看见小巷子里搭起了灵堂，照片上笑眯眯的老人，就是那位老奶奶呀，我满脸都是泪水。

几天后，小巷子里的灯又亮了起来。从那团黄色的灯晕中，我总觉得，那一盏灯光有些温暖，也有些孤独。我白天从小巷子里经过，那位老人依然躺在藤椅上，手里握着一杯热茶，笑眯眯地望着我。我冲他点了点头，老人也点点头，似乎是向我示意快回家吃饭。

初中毕业以后，因为父亲的工作调动，我又回到乡下中学读高中。三年后，当我捧着大学录取通知书回到小巷，想再拜访那位可敬的老人。然而，小巷依旧，木门却紧锁，打听了几户人家，才知道老人早已搬走了，说是到成都工作的儿子那里去了。

怀着一种怅然的心情，我乘船回家。在江上清凉的夏风中，我默默祝福老人那手里握着的一杯热茶，永远也不要凉了。

多年后，昔日的那条小巷，早已是碧波盈盈的一片湖水了。三峡工程完工后水位上涨，这个城市的下半身，都已被一湖碧水覆盖。

然而那条小巷子里的灯，依然在我的心里闪烁，它一直温暖地照着我，穿过黑漆漆的迷惘岁月，穿过冰凉落寞的忧郁年代。

在你的人生中，有这样一盏灯吗？也请你，在那小巷子里，为别人，也为自己，燃起这样一盏灯。

2016年6月22日

一个文学青年

◎赵利辉

村里的乡土作家双录成名于20世纪80年代,他的文章发表在北京的报纸上,但在我们这个偏远的小山村里面,却是波澜不惊。双录拿着北京寄来的样报,找到村长,一字一句地念给他听。村长吧嗒吧嗒完一锅旱烟,听完对他说:"顶怂用!"只有小学校长许叔同情他,对他说:"不行你来学校当老师,教娃娃认字吧。"双录不愿意。

双录写作的事情,常常被村里人嘲笑而不是尊重,即便发表了作品,也得不到大家的认可,认为他是一个不务正业的懒汉,和前几年来村里插队的知青差不多。那些知识青年,第一次到农村来,连麦苗和韭菜都分不清,村长到死都拿这件事当笑话说,"肩上扛把锄头,胳膊肘里还夹本书,上坟烧报纸,糊弄鬼咧。双录,你可别学他们那样儿。"

村长的话,一语击中了双录的要害,庄户人当什么作家。双录不听,双录是头倔驴,他从此就成了村里的怪人,白天随生产队下地干活儿,晚上点着蜡烛写小说,写他的痛苦和思考。但他的作品,很长时间再没见发表过。双录家没有什么经济来源,他用儿子的作业本写小说,一写就是几本。他没有钱买信封和邮票,就用废牛皮纸糊信封,厚着脸向许叔借八分钱买邮票。许叔每月有点工资,就背着老婆,给他一元两元的。时间久了,双录的投稿费用,就承担不起了。许叔对他说:"秋天到了,你去南山砍点荆条,去集上卖,就有钱投稿了,别拉不下脸来。"这回双录听进去了。那时已经分产到户了,集市上也渐渐热闹起来,摆摊儿卖山货,能多一份收入,叫搞副业。双录去南山砍了一担荆条柴火，背到集上卖。卖的钱买了几根蜡烛，还给他嫂子，他嫂子翻白眼，说："你一夜点几根蜡，才还我这两根，瞎子点灯白费蜡。"他还许叔钱，许叔不要。

不久，双录就出事儿了。

双录的柴火担旁，是卖馒头的，摊主是个陕北婆姨。她见双录蹲在那里，生意一天都没有开张，也没钱吃饭，就给他两个热馒头。连着两天，白吃人家的，双录过意不去，就把那担柴给那女子。那女子不要，两人就在街上推来让去的。双录是性情中人，感激那女子的好，晚上睡不着觉，就写了一首诗。他在诗中写道："我在集市上遇见你/卖蒸馍的婆姨/我永远记得这个集市……"

双录写完这首诗，这次他没有寄给报社，寄给了那个给他馒头吃的女子。那封信被那女子的哥哥截获，他让县文化站的人念给他听后，觉得妹子把他的脸给丢尽了。女子的哥哥带了他们村几乎全部的壮劳力，赶到双录家，说："你个死皮不要脸的作家，拐我妹子，今天不打断你的腿，绝不收工。"双录平日里不和别人家来往，也没几个过命的交好，眼看着被人打倒在地。出了这档子丢人的事，他父母和媳妇也护不得。只许叔左拦右挡，给人赔情道歉说："双录就是个精神病，您哪，别跟他计较，伤了咱两个村的和气……"许叔第二天到县文化站解释说，双录是个乡土作家，那首诗本来是投给报社的，晚上黑灯瞎火的，结果装错了信封，寄错了地址。还给那女子的哥哥提了个猪头和一瓶酒，才算把这事儿给摆平了。

双录自那次挨打后，就再没有出过门。许叔对外村人说他是个精神病，这句话深深地刺激了他。他躺在土炕上，身体一天不如一天，第二年就死了。据说他最后写下的一首诗，是给许叔的。

互联网出现后，许叔给双录开了一个博客，把他过去的作品，一字一句地敲进了电脑里面，我才知道双录的文字清新朴素，就像来自山谷深处的一股清风。他要是还活着，现在也该有六十岁了。

2016年6月24日

杯宽日月长

◎邓跃东

母亲中年恋上了酒，之前对酒没有一点爱好，那时家庭条件要宽裕很多，可她一点都不沾。后来我们兄妹三人相继去了外面，读书求学、就业成家都需要家里支持，一副副重担压在父亲和母亲肩上，他们没有轻松挣钱的本事，就往地里面、猪栏里、牛身上使狠劲，年年月月就是这三件事。我们很少回来，他们连个说话的都没有，日子枯燥得没一点味道，母亲曾说走路都感觉不到轻重快慢，但还要走下去。

最初几年，母亲还挤时间给我们写信，说说心里的话，后来不写了，觉得我们回信再漂亮，也无法释放她心头的压力，因为村里其他孩子有出息、大人风光，她觉得越来越累。母亲心里沉郁，还病了很久，吃了西药中药，身体恢复不过来。后来，母亲看到前面屋里的爱莲婶子每餐都喝点酒，不紧不慢地过日子，就跟她说说话。其实爱莲婶子也不容易，她一直没能生养，后来抱养了一个，地里活也重，成群的鸡鸭，手脚又不麻利，好多人修了新楼房，她家还住着旧瓦屋，风里雨里，她憨憨地行走，村里人都喜欢到她家串门，雨天凑拢来打牌，屋檐下欢声笑语没断过。

母亲就向爱莲婶子借了三斤米酒，她喝了几顿，一次二两，没觉得有多好喝，也没觉得有多难喝，但是心里安然很多。喝完后她又去借，很快又喝完了，爱莲婶子不借了，说自己不够喝。母亲就自己酿酒，无师自通，还了借的外，一缸酒能喝三个月，接着酿第二缸、第三缸，后来就停不下来了。

喝喝喝，父亲烦死了母亲，骂她磨磨唧唧，耽误了时间。母亲喝酒很慢，一餐炒一个菜，酒量不大，二两酒要喝个把小时，吃饭还要半个小时，而父亲十分钟就把饭吃了，每天要多干两个多小时的活。

　　有次我回家，看到母亲靠在竹椅上喝酒，她一手提着筷子，一手端着酒杯，还架着脚，两三分钟夹一次菜，嘴里慢慢地嚼，而眼睛看着前方，不知心里在想什么，一个人不时呵呵地笑，笑了后就忘记了端杯，无比陶醉。父亲最先是骂她吃龙肉忘了魂，后来捶桌子，再后来干脆走开去了地里。我弟妹回来，也是轮流催促她，早吃完多休息，看看电视，她说好好，最后还是这样，再责骂再训斥，没个把小时她不会离开椅子。但母亲不拖欠工夫，每天夜里很晚才睡觉，把该做的一定做完。

　　母亲从不在外面喝酒，只在家里独饮，来客人了也不喝，自己在厨房吃饭。有时她劝我们喝点酒，主动给你筛上，说喝酒好，喝了舒服，干活有劲。我们没人陪她喝，有次我尝了一口，淡得跟水一样，酒气早散发了。有次我给她照相，她换好衣服坐到椅子上了，突然说要喝点酒，脸上有血色，等了半天喝了酒、血色上来了，才给她照相。我们离开家时，她用饮料瓶子灌两瓶米酒，叫我们带上，说米酒喝了头不晕，记得清回家的路。

　　在我们的无限忧思中，母亲一个人来到了城里，她先给我妹带孩子。我妹给她准备了其他的酒，她却不喝了，说哪有时间，孩子一会儿哭闹，一会儿尿湿衣裤，从早到晚忙个不停，要她休息却说没瞌睡，她心里高兴，心事全在孩子身上。我想，可能母亲不喜欢外面的高度酒，味道烈，还死贵，她舍不得花钱。

　　过了几年，母亲过来帮我照看孩子，我专门备了家乡的米酒，每次准备了下酒菜，摆上景德镇的酒器，她却不喝了，说有事呢，还要去买吃的用的，总要找个理由，一点都不沾，叫我自己喝。我拗不过她，就一个人喝，不喝就变质了。我酒量不大，一餐一杯，漫不经心的，竟也很快把一缸米酒喝完了。过了几天没有酒的日子，竟不自觉地思量起那个味道来，就托人快点捎酒过来。两缸，三缸，停不下来了。

　　可以不抽烟，但无法舍弃这杯米酒。我只喝低度的米酒，有醇香味，太烈了影响氛围，也不喜欢在外面喝，一个人独饮，随便什么菜，两块霉豆腐、一包榨菜也能伴下二两酒。

孩子却有了意见，以前我斥责他吃饭太慢，现在倒过来说我，他们吃完好久了，我还在慢慢地品咂。我却不觉得自己喝得慢，一个人静悄悄地，不像其他人那样看着电视听着歌，我把一颗花生米捏在手指上，先揉几下，感觉盐粒的质感，然后放到嘴里，轻轻一嚼，头就微微抬起，看到窗外的远处，一桩桩往事排着队进入脑海……

我把杯中酒喝完，脸上微红，身体轻松，那些琐碎事、疲惫感都散去了，坚硬的东西柔化了很多，觉得心旷神怡，没有什么人生苦短。

也很简单，得到一种轻松有时需要一种形式。我想起母亲那时喝酒的情状，她也是无意中发现的，这种形式适合她的身心，奔波累了要歇一会，反刍一下。那些劳苦、那些心酸，是要慢慢陈化、静静涵吟的，酒就成了一种催化剂，落下肚，日子就变长了。

现在孩子大了，母亲回到乡下和父亲生活。我们不让他们下地干重活，好多邻居去了外地，村里空荡，他们有些寂寞，母亲又一个人喝起酒来，一餐一杯，安静地坐在饭桌边，有时自语还笑，好像对面坐着人，又好像是在等着谁回来。

2016年6月27日

远逝的老村

◎张 景

    老村依山傍水，站在山头上远望，各家垴畔连在一起就像一条摇首摆尾的长龙。老人们说村子风水好，有龙庇佑。在村东头有两个很深的大坑，老人们叫它龙眼坑，村西头向外延伸着一条越来越细的山脊，老人们说那是龙尾。他们告诫村人，龙头龙尾不能住人的，龙头离龙口太近，龙尾没有靠头。于是，全村人就全都集中在龙腹部位，一户挨着一户住，两户人家仅仅就隔着一堵土院墙，真真地东家晚上起来在尿盆上尿一泡，西家也能清楚地听见。

    常常能看见东家的婆姨一张秀面出现在墙头上，和西家的大嫂大声聊天说笑。西家的大嫂一边做着家务一边应答，顺手摘下院子里几个刚上了颜色的西红柿抛给墙头上的婆姨，那婆姨一边笑着一边接住，直接就放进嘴里大嚼起来。东家饭熟了，男人便端上饭碗到西家来转悠，西家的凉粉熟了，隔墙头给西家送一个凉粉坨子。串门的人越聚越多，男人们一人一个烟锅子，女人们拿着鞋底子或者鞋帮子飞针走线，娃娃们在大人堆里跑来跑去。吃饭的误过了饭点，做饭的忘记去抱柴火，挑水的任由老婆在家里干着急。院子里笑声一浪高过一浪，烟锅子里的旱烟换了一次又一次，女人们的针线活已经快收尾了。吃饭的男人拿起了饭碗，拉上叫了他半天的鼻涕娃娃往家里走，做好了挨老婆数落的准备；挑水的挑起了水桶往沟里走，铜马勺吊在桶沿上，磕得铁桶叮叮咚咚直响；忘记了做饭的大嫂放下针线活赶紧去抱柴。不一会儿，家家窗户亮起了灯光，整个山村便浮在一片昏黄的神秘当中。

    老村的人情味就是这样的浓、这样的纯。但凡红白喜事，一家过事，全村动员。挑水的，破柴的，端盘子的，看客的，擀饸饹面的……人尽其能，各负其责，有条不紊。有老人来不了的，主家也要招呼老人的儿女们把饭送过去。青年人便聚在一起吆五喝六地猜拳喝酒，一会儿就有人醉了。歪歪扭扭被家人架着回家，嘴里还在叫嚷着能喝一斤，不服再来。大家伙儿便都笑着、劝说着、安抚着。酒足了，饭饱了，人们便一拨拨离开。主家人舒展着发困的腰身，脸上露出如释重负的满意神色。

老村对面有个龙王庙，每年六月初三至初五的庙会是这里最热闹的时候。这三天全村人集体放假，出山拦羊和放牲口的也是起早出去，半前响便回来。全村人聚在不大的庙院里谈天说地，只等说书和唱戏开始。村里人容易入书入戏，但凡书文或者剧情到了凄惨之处，一些心软的人便红了眼眶抹眼泪，一些性格急躁的男人便开始骂起了坏人，一些老人便开始给年轻人讲起了下文。到后来善有善报恶有恶报，书匠戏匠满面春风，听书看戏的欢天喜地，好一派祥和的好气氛。最让我记忆深刻的还是夜晚的皮影戏，夏夜凉爽，家里太闷，出来看戏正好避暑解乏。皮影很有电影的感觉，加之美妙的道情唱词朗朗上口，即便年年都是那么几个本子在循环上演，村人依然是矢志不移，痴迷如初。一旦开场，往往是戏里戏外大家齐唱道情，真的是群情高涨，回味无穷啊。

还有那条穿村而过的小河，总会时不时出现在梦里。春来时蹲在河边看成群的蝌蚪游来游去；盛夏时，找一处有虚土的地方挡一个土坝，一中午泡在水里；深秋时，把鲜红的树叶放在水里做船，载着小小的梦想远航；数九天，一边擦着鼻涕，一边滑着冰车在冰面上飞奔。还有那五月杏、六月的梨，七月的红果赛蜂蜜；八月的羊肉吃不腻，九月的米面饱肚皮；十月的媳妇倒骑驴，十一月砍柴硷畔上垒；十二月茶饭家家备，过年年年有滋味。总的一句话，老村的记忆太多，我用文字远远不能表达我对它的魂牵梦绕。只要回到老村，即便没通电，没有电视，也总是不想很早便离开，总要等到上班时间到了，才在父母的千叮咛万嘱托里一步一回头地走出村口。

好怀念傍晚时分在夕阳的轻吻下环绕在山腰的缕缕炊烟，总奢望着能再次听到母亲的唤归声在每一个沟沟渠渠久久回荡，怎奈不争气的泪水总时不时模糊了我的视线，让我再也看不清楚老村的容颜。山梁梁上林木正盛，野鸡苍凉的叫声时时冲击着我的神经，深深地对着老村的各个方向鞠躬行礼，也许百年之后，我的灵魂会倔强地再回来，深埋地下，永不离开。

2016年6月28日

一篮夏天

◎章铜胜

春天，我们看花，看着看着，就忘却了一冬的寂寞，满心欢喜。

到了夏天，我们喜欢拎着一只竹制的菜篮，踩着露水清亮的田埂，去田地里采摘，收获一篮子的瓜果蔬菜。小小的篮子里也就装满了一个夏天，不只是充实，还有着无尽的快乐。

初夏，我去地边，摘豌豆，摘蚕豆。豌豆苗蜿蜒在地里，在春天里嫩得甜腻的豌豆苗黄了，豌豆荚也饱满了。顺手牵起豌豆的藤蔓，躺在豌豆叶上晶莹的露珠滚了一地，伸手摘下一个个圆鼓鼓的豆荚，丢到篮子里。只摘了几棵豌豆，就盖住了篮子底。嘴馋了，顺手剥开一个豆荚，新鲜的豌豆在嘴里一嚼，满嘴甜甜的豌豆香。

蚕豆站在地边，不招人待见，叶子肥肥的，豆荚也肥肥的，摘下来，不一会儿工夫就摘了满满一篮子。把蚕豆荚剥开，里面是一颗颗的蚕豆，外面还有一层皮。母亲闲着没事，将蚕豆用针线一粒粒串起来，放点盐和茴香，煮茴香豆吃。村里的伙伴们常将煮好的一串茴香豆挂在胸前，边玩边吃。吃完了，胸前也留下了一圈紫黑的印迹。

提着篮子去菜地里摘空心菜、木耳菜、青菜、苋菜，装满一篮子的碧绿。想着先民们穿着草鞋，或光着脚丫，踩在露水里，也提着竹篮去地里采摘这些蔬菜，心里就欢喜。在《诗经》里，它们都有一个好听的名字：蘘、葵、菘、荇。我们已经不会再这样称呼它们了，但采摘的欢喜却是一样的。我们和先民一样，提着一篮子的碧绿和清新。

辣椒从浅绿到深绿，从橙色到红色，挂满了枝头，辣椒棵要用小竹竿绑定支撑着，才不至于被累累的果实垂断。摘辣椒，像疏果一样，选深绿和红色的辣椒摘下来，随手丢到篮子里。

落苏就是茄子（家乡人都叫落苏），有青有紫有白，个儿都大，摘几个，就是一篮子。

黄瓜和西红柿成熟的时间差不多，到菜园里就一起摘到篮子里。黄瓜顶着黄花，碧绿带刺，有股泼辣劲。西红柿表皮光滑，颜色鲜红，看着圆润。它们放在一起，反衬着的红与绿，倒显得协调自然了。

黄昏的阳光里，我拎一个大菜篮，去菜地里摘豆角、四季豆。豆角挂在用竹子搭好的架子上，一行一列，看着像排列整齐的穿着迷彩的队伍。

豆角是碧玉条，双双对对挂满在竹架上，一对对掐下来，整齐地放在篮子里，拎回家。豆角高产，多得吃不完。母亲将老一点的豆角，用水焯过，晒干，想吃的时候焖肉，香而有嚼劲。嫩一点的豆角，一把把用稻草捆好，盘曲着放在坛子里，放盐腌上，要不了多长时间就腌好了。腌好的豆角金黄，脆嫩咸香，佐粥极好。四季豆肥一点，短一点，嫩一点，水分足，放点蒜子清炒，滑嫩香甜。

六月天，江南闷热，去河里洗澡，也带个篮子，装从水里捞上来的藕带、菱角菜、鸡头米和花心藕。偶尔还能从河边的草丛里捡到一窝鸭蛋，那多开心呀。

杏子、桃子熟时，外公来我家，我看见他拎着一篮子的黄杏子和红桃子。

暑假，我去外公家，傍晚，外公也拎个菜篮子去地里，摘回一篮子的瓜，有香瓜、酥瓜、菜瓜和变瓜，另一只手还捧着个大西瓜。瓜放在篮子里，吊在井里冰着，晚上吃，清凉甜润，一个夏天都是甜的、凉爽的。

在乡村，夏天拎个篮子出门，总不会空着回来，瓜果蔬菜总是装得满满当当的。

一篮夏天，就是我们一篮最缤纷的记忆。

2016年6月29日

钩沉老报纸

◎李小米

所谓命如纸薄,我想有时就是和一张报纸的命运差不多。我们每天看的报纸,看了就随手一扔,很少再去关心它的下落。

前不久,我去一家档案馆,看到了几张民国时期的老报纸。掀开报纸,粉尘呛鼻,故纸味扑面而来。纸张已泛黄,变得薄脆,但印刷的字体尚清晰。

那报纸的刊名,是孙中山先生题写的。望着敦厚的字体,孙先生的音容笑貌,栩栩如生浮现眼前。

在那些民国时代上海出版的报纸上,我看到了宏大叙事,比如救国的硝烟,热血青年上街抗议的声浪。也有市井老墙下鸡飞狗跳的生活,描述得活灵活现:某条马路上昨天出现劫匪,鸡瘟来袭,乡下王老五用土枪打死一头伤人的野猪,一对鸽子为亡人守灵……还有名目繁多的广告:置业声明、布匹、咖啡厅、麻风药丸、航空机票、齿科、电影预告。在一张20世纪30年代出版的报纸上,还有一对新人醒目的婚庆广告,新郎姓马,新娘姓朱,竖排的繁体字,千里姻缘,天作之合,施先生、许先生、黄先生、姚先生同贺,想来是这四位好友出的广告费。在发黄的老报纸上,我甚至嗅到了当年上海滩上喜宴的气息。

这些老报纸,还让我耳旁隐约传来当年那些报童稚嫩而恳求的声音:"先生,本埠特大新闻,买一份吧,买一份吧!"那些长衣长衫或西装革履绅士派头十足的先生,回过头来,施舍一般抛下钞票,买下一份报纸,坐着黄包车扬长而去。

我在城里的忘年交郑先生，是一个收藏老报纸的人。郑先生在城里先后搬了几次家，每一次，屋里收藏的老报纸，都成为他首先要搬运的宝贝。我去他宅上拜访，满满一屋老报纸，感觉一股股浓烈的旧时光味道扑鼻而来。在那间屋子里，有九十多年的老报纸，多少时代的烟云弥漫、奇闻逸事都在老报纸里安卧着。

在郑先生的老宅里，我还看到了一张老照片，一个穿西装的男子，目光深沉，正在海船上看一张报纸。那就是郑先生的爷爷，在滚滚潮声中从新加坡回国了，因为他看到发行到新加坡的华文报纸上，有救国的呼声响入云霄。

前不久，我陪同一位老者去老城郊外一处废弃的院子，那是20世纪40年代一家著名报纸的报馆，一些当年如雷贯耳的人，就在那里进进出出。那时，报社还被称为报馆。可惜，除了几面斑驳的土墙，啥也没有了。留下的，只有我对当年老报纸的一点想象：灯火摇曳，报人们彻夜不眠，如接生婆守候初生的婴儿，凝视着一沓沓散发着油墨香气的新报纸。有人叹息，纸媒最终有一天将会消失在历史里。当我看到这些老报纸时，有一种看到老祖宗的亲切欣慰。

2016年7月1日

也走灵官峡

◎刘紫剑

周末到宝鸡的凤县去，城不大，多半天转完，夜来和朋友闲聊，听他说到灵官峡——心里忽然一"咯噔"。

《夜走灵官峡》？杜鹏程的那个？是呀是呀！就是那个，就在凤县。

应该是初中的一篇课文吧。我对小时候记忆里的东西，总是下意识地以为很遥远很神秘，想不到近在眼前。第二天出发向西，继续在秦岭山里绕，行约十公里，拐过一道弯，两侧山峰忽然收紧，夹出一道幽长的峡谷。朋友说：到了，注意看，这就是灵官峡。

记得杜鹏程是这么写的："一进灵官峡，我就心里发慌。这山峡，天晴的日子，也成天不见太阳；顺着弯曲的运输便道走去，随便你什么时候仰面看，只能看见巴掌大的一块天。"

这儿的秦岭，确是不同于四周的舒缓，陡然拔起，耸立的崖壁植被不多，整体呈红褐色。时值初夏，小满已过，两岸风景如画，青山巍峨险峻，草木青翠欲滴；谷底一条碧玉般的色带，婉转千回。问起来，这条水是嘉陵江，从宝鸡南侧的秦岭山上发源，一路走到这里。穿过灵官峡，再往前，还要一个人走很长的路，直到重庆朝天门，才汇入长江。

也就是说，灵官峡是嘉陵江开辟出的第一道大峡谷。在交通不便的古代，也是秦陇两地往来的一条要道，靠近水面的崖壁上，还留有古栈道的痕迹。

有不少景点，名声响亮，真去看了，也不过如此。灵官峡不是这样，险、秀兼具。目不暇接的当口，我还念念不忘对那篇课文的记忆：绝壁上的石洞，名叫成渝的小男孩，贴在崖壁上开山的父亲，站成一个雪人指挥交通的母亲……忍不住叨叨了出来：哪儿是当年施工的地儿呀？

就看见对面山壁上，白色的石头铺出好大一片，上面刻满了文字，细看，正是《夜走灵官峡》。底下有一个小广场，竖了一组铁路工人的群雕。一座吊桥通向对面，过了吊桥，我抬头又认认真真学了一遍课文。同行数人年龄相仿，都有共同的回忆，想想那时人们的精神状态，再想想那时的施工条件和生产力状况，不难想到这条铁路背后的故事和血泪，禁不住唏嘘感叹。

忽然汽笛声响，一列火车从一侧山洞钻出来，匆匆忙忙吼一声，在头上横贯而过，余音未消，又一头扎进另一侧的山洞。问起来，才知道原来的宝成铁路灵官峡段，就是我们所站的地方，1981年发大水被淹，隧道群作废。现在的景区，就在废弃的铁路隧道原址上建成，说是打造了一个"国内首家铁路文化主题公园"，我看了，跟铁路有关的东西不多，倒是花大力气建了一个"传奇历险宫"，其实就是个"鬼洞"。出了"鬼洞"，靠着山体又塑了十八个高大的罗汉。

我很是不解——即便要修，名叫"灵官峡"，为什么不修"灵官"？灵官是道教里的护法天神，其地位和作用相当于佛教中的韦陀，就是一般庙里与弥勒佛背靠背、面对大雄宝殿的那位，手持金刚宝杵，一身戎装打扮，颜值很高，是佛教诸神里我最喜欢的一个。

灵官传说姓王，唐太宗时人，是个遗腹子，从小脾气暴躁、性格耿直，喜欢干打抱不平的事。得道成仙后，被玉帝封为豁落王元帅，掌监察之职，纠察天上人间，除邪驱恶，也就是说，他一人就干了纪委、监察和公安机关三家的活。玉帝这样安排，也算是把合适的干部，放到了合适的岗位上。《聊斋志异》里有篇文章《灵官》，说的就是他：有一个潜心修道的狐狸被他发现了，虽然没干坏事，也被他拿着鞭子一路追杀，直把人家赶到粪坑里。这个故事里的灵官，我不喜欢，只因为出身不好，连生存的权利也没有了——可见苍生的自由，不止在人世间，都很艰难。

但对当地而言，放着"灵官"这么一位有价值的神仙不去挖掘，却弄了一众不相干的神鬼，是个遗憾。景区还有两处名人的题字，崖壁上是于右任的，门楣上是苏轼的，都可以好好做做文章。

平心而论，灵官峡自然风光极佳，用不着画蛇添足，附加其他东西。如果真想开发，不如复原《夜走灵官峡》里的一些场景，比如在绝壁上挖一个石洞，里边有锅碗盆罐，有床铺。床头贴着"胖娃娃拔萝卜"的年画。墙上裱糊的报纸，让灶烟熏得乌黑。

石洞门口有个小孩，看来不过七八岁。他坐在小板凳上，两肘支在膝盖上，两只手掌托住冻得发红的脸蛋，从帘子缝里傻呵呵地向外望着对面的绝壁。

其实那个孩子，何尝不是20世纪70年代出生的我们，满怀崇高理想，对着未知的世界，傻呵呵地期盼，傻呵呵地乐。

2016年7月4日

多年离家已成客

◎张金刚

母亲围着锅台忙活,父亲来回打着下手,而我,却坐在门槛上晒太阳,玩手机,偶尔与父母唠句家常。邻家大嫂进院,冲正炒肉的母亲喊了一句:"家里来客啦?"母亲头也顾不上抬,应到:"哪呀,是俺家三小儿!"听罢,我一怔,感觉自己多年离家在外,回家甚少,恍然已成客人。

其实,经常做饭的我,也试图凑到母亲跟前帮忙。可母亲扭头简单一打量我,便摇头说:"家里灰尘多,灶前烂草多,做饭烟熏火燎、油点乱溅,别再把你的衣服弄脏了。回家一趟不容易,还是歇着吧!"我顿时满心羞惭,挽起袖管,下手忙活;用行动告诉母亲,我还是庄户人,没那么矫情。

可真下了手,便成了无头苍蝇;难动手,光动嘴,问个不停。切菜,要问菜刀在哪,胡萝卜在哪,葱姜蒜在哪?烧火,要问火柴在哪,柴火在哪,烧什么柴?炒菜,要问铲子在哪,油盐酱醋糖在哪,炒到什么火候二老咬得动?全然是给母亲忙中添乱。无奈,母亲一声笑叹:"算了,还是我自己来吧,你真是越帮越忙!"退到一旁的我,看着母亲佝偻的身影,不由黯然神伤,这还是我的家吗?我还是家里的一员吗?怎么感觉真成了客人?

母亲忙饭,我四下找寻家里自己曾经的痕迹。还记得有一沓在师范时的书信,压在柜底,想留作青春的记忆。可翻了个底儿朝天也没找到。母亲略显歉意地告诉我:"多少年你也不提这些信,以为你不要了;但又怕有什么秘密,就给你烧了!"我虽不舍,却安慰母亲说:"我只是忽然想起来,是没用了。"

又找曾经的课本,没了;儿时的玩具,没了;穿过的衣服、用过的镜子、听过的磁带，全没了。我没再问母亲，只是愣坐在那里，环顾这个曾伴我孩提、青少年时光的家，已然找不到自己生活的痕迹。再坐在这里，真如回父母家做客一般，熟悉又陌生。

吃饭，父母不停地往我碗里夹菜，客气得让我深感不自在，有愧意。饭后，母亲紧着收拾碗筷，把意欲洗碗的我推向一边，扔给我电视遥控器。随后，拿出崭新的被褥晾晒在阳光里，说："这还是你们结婚那年回家时盖过的。"遥想，因工作忙、有女儿，回家都是匆匆回、匆匆走，已八九年没在家睡过。

父亲说要下地刨花生，问我去不。我高兴地问："去哪？"父亲答："谷地沟！"我愣了一下，母亲忙提醒："哎呀，就是你小时候上树摘柿子掉下来的那个山沟嘛。"我"哦"了一声，不好意思地跟着父母出了门。进了沟，却找不到自家的地；也难怪，多少年没回村种地，记忆淡了许多；加上村里的地荒的荒、撂的撂，父母力所能及捡块好地种些花生，我哪里识得。

陪父母摘花生，农活已显生疏。吃力地扛着口袋回家，一进院，早已口干舌燥，被满树黄澄澄的李子惹得垂涎欲滴。伸手、拽枝，摘了一瓢，洗了，坐在台阶上，吃个痛快。没想到，片刻一个小孩拉着母亲回家，边走边指着我告发："奶奶，就是他，偷摘你家李子！"

我和母亲一阵大笑。母亲笑得灿烂，笑孩子的天真；我笑得凄然，笑自己竟成了"贼"。童年背诵的"儿童相见不相识，笑问客从何处来"，在今日自己遭遇，才真正明白了当年贺知章《回乡偶书》的尴尬与长叹。

偶然一次回家，丝毫找不到了曾经的归属感。村子，是祖辈们和新生代的村子；老屋，送走了我这位过客，彻底成了父母的老屋。而我，却多年离家已成客，不由怅然若失。

2016年7月6日

笑着流泪

◎谷成晨

左一樽，右一樽，手执美酒笑不成，频频泪语声。

山一程，水一程，与君辞行心何忍，夜夜相思人。

毕业是个残忍的季节，成熟与不成熟都要一同收割。这个季节，留不住回忆的欢声笑语，带不走萌芽的相思幽草，载不动别离的满腔思念。曾经的美好，曾经的感慨，曾经的抱怨，如今只剩下这一纸相思，祭奠着岁月流年。

这个夏天，我们就散了，各自奔向未知的世界。

六月的阳光热烈而又奔放，穿过季节的手卷，成就一段永恒的光辉岁月。那一抹伤感，一份难舍，挥洒的不仅仅是一个个恍然逝去的昨天，更是一个个生机磅礴的明朝。毕业季里，让我们笑着流泪，如果可以，我真的希望这泪水可以凝结成珍珠，凝结成亘古的誓言。

走得最急的，都是最美的时光。当我想起来要伸手去抓的时候，却发现它早已从指缝间溜走，与我渐行渐远。四年，恍然若梦。在这四年里，留给我的，是无尽的感慨、收获和即将高飞的无限天空。

流年逝去，散淡如风，穿尘而来的六月，是否惊艳了你的目光？岁月的逼近，让我们不得不从梦中醒来，不得不面对现实，不得不跟过去的四年告别。六月毕业季，我们不得不分离，轻声地说声再见，心里储存着一份感谢，感谢四年的生活，悲伤、喜悦、遗憾、残缺，一切我都在感谢中照单全收。四年生活的每一个细节、每一种滋味、每一滴泪水都值得我感谢。

怀着一颗虔诚的心，穿过时光的花开花落，看淡岁月的云卷云舒。在这个盛情的毕业季里，请放慢脚步，彻彻底底地回忆这如梦的岁月。回想那些或是细雨缠绵的清晨，手执一本墨香满溢的好书默立湖畔，为心中的梦想一次次积淀力量；或是骄阳似火的午间，在操场上放肆奔跑，用呐喊，用汗水去坚定信仰；或是微风习习的夜晚，一碗小酒，几个好友，仿佛就诠释了生命的全部……亲爱的朋友，请回头看看吧。回忆像深埋在地下的煤，总有一天会被挖出地面，在某一个瞬间照亮我们生命里不可言说的温柔。

离别的愁绪晕染在六月的天空，那些强颜欢笑，只是为了掩盖离别的伤感和分离的万分不舍罢了。每一个故事的背后，都有它的悲伤和喜悦，我们能做的，就是尽力珍惜这段毕业时光，一个不经意的转身，今日已是昨日。无论如何，我们都从不后悔，这四年时光里，遇见的每一个人，每一件事，都是生命里最美的点缀。

四年，终于结束，我们真的要迈入"社会"这个宽阔的词汇里了，依旧怀着一颗感恩的心，回报社会，回报一切我们尊敬、热爱的人和事，用热情点燃这个季节炙热的希望，用似水的流年缀满我们单薄却又浓厚的青春岁月。

如梦般的四年，结局终究上演，我们说好不流泪，真正到了离别降临的时刻，任谁都无法忍住那崩溃的泪水。这个毕业季，让我们笑着流泪。挥手转身，步履空寂地踏在时光的隧道里，用心中万千的感恩和澎湃的思念，谱写离别的乐章。

再见了，我的大学。

2016 年 7 月 8 日
寒窑随想

◎金步摇

  我出生在西安南郊曲江池畔的一个小村庄里，那里离寒窑遗址只有四五里地。记忆里小时候的寒窑，冷冷清清，几孔破窑洞，黢黑的桌椅旁坐着等待夫君归来的王宝钏的塑像，萧条而静寂。20 世纪七八十年代的物质生活相当匮乏，小孩子买颗糖吃都要等到逢年过节，那个年代的人们，对于寒窑里供奉的王家三小姐王宝钏，大都是敬佩而认同的。还是小姑娘的我，自然而然追随着大人们的观念，认为王宝钏苦守寒窑十八载，换得一个功成名就的有为夫君，立碑成传，那是何等的风光荣华，寒窑的故事，理应是个喜剧。

  我善良淳朴的乡邻大概是不愿王三姐如此一个人长久地冷清，于是每年到了二月二龙抬头的日子，村民就三五成群从四方赶去寒窑逛庙会，耍猴唱戏卖吃食，让凄清的寒窑热闹起来。

  小学五年级的时候，我们班同学相约闯了一次妖马洞。那时洞口一片漆黑，施工留下的砖头水泥还没有清理，几个胆大的男同学先钻了进去，在洞里呼喊，女同学见状也故作勇敢走了进去，没有一个人退缩。洞里时宽时窄，路面凹凸不平，刚走了几步就一片漆黑，不知哪个突然摔倒，惊呼起来，胆小的我吓得毛骨悚然，一动也不敢动。

  以后的日子依然每年去寒窑，顺着人群的推搡进去又出来，然后在外面的阔大野地里看耍猴，看杂技，看各村的社火。

  一晃二十年，今天，又去了久别的寒窑。那里假山翠竹，亭台流水，高搭绣楼，好不热闹。王三小姐新增了做红娘的功能，院子里到处悬挂着心形的征婚帖子，原来寒酸的寒窑亮丽而光鲜。妖马洞依然在，紧锁着大门。王宝钏的塑像端庄大气，站在寒窑院里迎来送往，她不再寂寞。

　　我想当年身为宰相的宝钏父亲让女儿抛绣球招亲，可能只是为了公子王孙竞相簇拥自家门前的风光，哪想到自己养在深闺的小女儿把绣球抛向了远离绣楼的帅哥薛平贵。打着如意算盘的宰相在棋输几招后与女儿断绝关系，估计是烈女传看多了的王宝钏"嫁鸡随鸡，嫁狗随狗"，跟着夫君住进了五典坡的寒窑。这时，我们不禁要问，王家锦衣玉食的三小姐选择这样的婚姻，她想要的是什么？显然不是荣华富贵，那么，她是想要一段平凡温馨，朝朝暮暮的婚姻生活吗？好像也不是。作为美女兼才女的王宝钏，身上有一种倔强与自负，她想要证明自己有伯乐的眼光，有俗人不可企及的先见，她要证明自己所得到的男人是个宝。于是，薛平贵出征了，一走十八年。

　　故事的结局，王宝钏十八年的寒窑苦守，换得了与功成名就的夫君相见后十八天的相聚，十八天后，她油尽灯枯。

　　自古被珍视的东西，往往稀少，我相信寒窑的悲剧爱情故事只存在于战乱时代。漂亮的女人，在历史上多半用来怪罪，而蠢女人，则是用来歌颂的，以便更多的傻姑娘可以效仿。

2016年7月11日

父亲不容易

◎文彦群

我心里藏着一个秘密，埋得很深很深，几十年了，从不曾向人说起，我怕别人无法理解。

那时，我小学还没有毕业。一个周末，忘了是初春还是盛夏，在清早还是午后。父亲从学校放假回来，带我去家门前的沟里给牛割草，浓荫遮天蔽日，深谷寂静无声，好像就只我们父子两人。

父亲为人严肃，我自小惧怕，所以知事很早，懂得看眼色行事，小小年纪就成了家里的重要劳力。平时干活，父子无话，一对沉默寡言人，各自忙活，有什么事情，也多是由母亲在中间传话。

那天，父亲在沟底割草，我就在不远处。看他一会儿停下来吃烟，我只管自己往草高处去。但不知怎么，突然就听到一个男人的哭声，那种低沉的、压抑的、撕心裂肺的声音，从胸腔里慢慢挤压出来，由远及近，由低渐高，强烈地冲击着我的耳膜和心扉。

抬头四顾，不见人影，满沟里就我父子二人啊！再看，父亲蹲在那里，双手抱头，我这才明白了。我惊慌失措，跑到父亲附近，却不敢靠近前，一时不知道该怎么办，只是听着父亲如牛一样的哭声。

生产队刚拉牛散社，我家里四口人，分到三个人的地，几件农具，与别人家合分一头老牛。全家只住一个窑洞，牛圈就在窑里头。人畜共处一室，生活的窘态，只此可见一斑。

那时，日子艰难，又家事不宁。爷爷还在世，一个大家庭分成三家，大伯一家住老屋，新收拾的地方，就两个窑洞，爷爷奶奶与小姑一个，我们一个。可能也因分家不均，老人养老的问题，母亲时有唠叨。父亲那时的心境，可想而知，左右为难，脾气日渐暴躁，动辄发怒，有时竟至于口出恶声。

  我小时候，就是在这样压抑的环境中一天天长大，从此养成了不爱说话的习惯。多年里我一直不能理解，向来以刚强示人的父亲，为什么会有那一次的纵情大哭？有多少委屈压在他的心头？在我少年的记忆里，此外父亲只哭过两次，一次是爷爷过世，一次是奶奶过世。那时，父亲还不到我现在的年纪吧。

  多年以后，直到自己娶妻生子，人近中年，理想远去，事业止步，矛盾是非纠缠，心情悲凉苦涩，整日面临着种种的生活压力与精神困境，而不能被最亲最近的人所理解，在一次次地心生抑郁、一次次地陷入绝望时，我才开始深切体悟到活人的艰难，也才慢慢地理解了父亲那些年的艰难不易。

  父亲不容易，我也不容易，但历经磨炼，我毕竟一天天坚强起来。大哭过后，我会吞咽下所有的委屈，力挺起并不伟岸的身躯，以一个男人的姿态，独自面对艰难困苦，走过生活的风风雨雨。还有，不忘适时地腾出一只手，去尽力帮如今已经老了的父亲一把。

2016年7月12日

薛家寨的车前子

◎ 姚 安

　　大雨中来到照金，来到薛家寨。走在薛家寨的小路上，路边三三两两生长着车前子，绿绿的，椭圆形锯齿状尖尖的叶子，还有长长的小穗穗，虽没有多少人关注，可它依然倔强地生长着。四周环山，峭壁千仞，雾霭沉沉，这是怎样的神奇，六月的天气却如此安静，没有了长安城的浮躁与喧嚣。干净的小路旁边盛开着打碗花和不知名的野花，它们在雨中那样鲜艳夺目。

　　抬起眼看看远远的大山，仿佛范宽《溪山行旅图》中的山，在那幅画中，一千年前，有一队人马从这里走过，在这个大山中穿行，那样平和地走着，走在范宽的故乡，走在这悬崖峭壁的背景里，走在千年前的车前子上。

　　八十多年前，这里也曾走着一支队伍。有一群人来到这里，为了理想为了信念，建立了西北第一个山区根据地。1933年春，中国共产党建立了陕甘边革命根据地，而陕甘边革命根据地的中心就是我此刻所在的薛家寨。它横跨耀州、淳化、旬邑、宜君等区县，面积达数万平方公里。陕甘边革命根据地支援了陇东、陕南、陕北、渭北等地区的革命斗争，唤起了千千万万中国人民开展土地革命的觉悟，鼓舞了西北地区人民争取解放的勇气和信心，路边的车前子可以作证，那是怎样的伟大。

　　爬上陡峭的崖壁，看见了红二十六军指挥部。车前子真的顽强，居然可以在这陡峭的石头中长出。这里易守难攻，向下望，山下的人看得一清二楚。顺着小路上的车前子一路走来，是险要处筑的寨门，是哨卡，是军械厂、被服厂、红军医院……当然，还有四个红军寨。范宽绝对想不到，千年后这里是人民群众反抗压迫的根据地。脚下的土地山岩，见证了中国共产党基层组织的建立，红色政权的建立，群众武装的建立。它们的建立为日后星星之火的燎原，积累了丰富经验，并且培养和锻炼了一批坚贞的革命骨干。

雨还在下，我慢慢前行，前行在溪山中——薛家寨的溪山中，雾霭中的寨子是那样的静谧。脚边车前子水水的，绿绿的，和一千年前一样，和八十年前一样。

2016年7月13日

一座城市的时光穿越

◎ 顾 亮

　　西安的北城门安远门外，横亘着环城北路高架桥和陇海铁路桥，川流不息的汽车和呼啸而过的火车，在奔流中映照着长安的容颜。特别是每当有列车铿锵而至，行驶过安远门前的画面便极具穿越感，一边是象征古代文明的城墙北门，一边是融合现代科技的城市交通，两者相互呼应又相得益彰，彼此守护着关于时间的印记，也在日复一日中传递着关于这座城市的故事。

　　沿着安远门向东西两侧延伸数里，便围成了西安的文化图腾、国内现存规模最大、保存最完整的城垣建筑——西安城墙。一城风华，一墙天下，雄踞数百年屹立不倒的古城墙，见证了这座城市的沧桑，也撑起了这座城市的脊梁。西安城墙周长十三点七四公里，迄今拥有十八座城门。其中，出西边的玉祥门再往西两公里左右，便来到唐代长安城的西门——开远门遗址，屹立于此的还有一处更加著名的所在：丝绸之路群雕。浅褐色的花岗岩雕像，古朴浑厚、苍劲有力，驼队似乎正昂首阔步，仿佛将人们带回了那大漠孤烟、驼铃声声的年代。就在思绪奔涌之时，西安地铁一号线的列车正从脚下驶过，开远门站就在前方。

　　再次回到西安城里，东西南北四条大街交会于钟楼。钟楼与南北城门正对，与西北方向的鼓楼隔街相望。晨钟暮鼓，不但是古代生活中维护时间秩序的重要手段，更是这座城市与历史对话的文化担当。

　　从钟楼一路向南，便来到西安城墙南门——永宁门。作为盛名已久的礼仪之门，永宁门以仿古入城式与通关文牒等迎宾盛典惊艳于世，巍巍吊桥、猎猎旌旗、滚滚城河，盔甲武士开道，宫廷侍女引领，唐朝服饰官员迎接，让人仿佛瞬间置身于金戈铁马、锦衣玉帛的年代；而今，随着箭楼的修复以及护城河、下穿式隧道等综合改造工程的完工，城、墙、河、路、景有机融合，礼仪之门愈加雄姿英发，多国政要的到访更让现今的永宁门承载着文化国门的荣耀。

永宁门去往东南方向，便是古都的另一文化图腾——大雁塔。玄奘高僧经丝绸之路带回的经卷保存于此，开创了印度佛教向东传入中原以及中印两大文明交相辉映的新纪元，塔下的"大唐三藏圣教序"和"大唐三藏圣教序记"碑文记述和佐证了大雁塔与丝绸之路佛教传播的历史，大慈恩寺更是唐代长安三大译经场之一，在佛教传播史上具有重要地位。

从大雁塔再往东南，曲江池对角相望。"三月三日气象新，长安水边多丽人"。不管是上巳节的浪漫还是曲水流觞的雅致，盛唐时期的皇家园林，正在经历城市新区的蜕变，千年之前的宫廷御苑，如今已然成为全民共享的公共文化区域；纵览曲江，文化高地和产业先锋的积极实践，正在延续这里自古以来的传奇。楼台亭阁、杨柳古槐、酒肆茶坊、拱桥画舫，曲江池遗址公园、唐城墙遗址公园、唐大慈恩寺遗址公园等系列景区的陆续建成开放，最大程度还原着盛唐气魄，而鳞次栉比的文化商务区更昭示着这里复兴文化的决心。

如今，丝路雄风劲吹，古都荣焕新生，华夏举国奔腾。沟通和交流的原始欲望，无远弗届，这座城市的穿越和想象，正在铿锵有力地萌发。时光的印记，总是在不经意间流露出醇厚的味道，文化的博兴，给城市的故事添加了最为动人的传奇。当古今交织在恒久与传承之间，这座城的模样也在光阴的陪伴下回味悠长。

2016 年 7 月 15 日

仔姜鸭

◎周天红

　　冬吃萝卜夏吃姜。夏天是到了该吃姜的时候了。

　　姜有很多种吃法。泡来吃，烧来吃，炒来吃，腌来吃，反正姜的做法和吃法多得很。不过，在很多菜里，姜都是配角儿，而在仔姜鸭里，姜就是主角儿了。

　　三洞桥是一个老场镇。三洞桥不大，就一条老街，中间一条青石板大道，两边不足三四百米的老房老屋，全是木头房子。场口上一座老石桥。石桥不大，就三道孔。"三洞桥"就得了这个名字。上百年来，这样一座简单的石桥，却经历了大山沟里的无数次山洪涨水，石桥仍然稳稳当当固守在岁月长河里，成了小镇的一道风景。仔姜鸭和三洞桥一样，随着时间的流逝，仍旧香味浓郁，散播在岁月和往来的人群中。

　　刘二爷的仔姜鸭，那是三洞桥最老的店了。到了三洞桥，你不用问，只要顺着仔姜鸭的香味走着去，准能找到刘二爷的馆子。刘二爷一家在三洞桥开仔姜鸭馆子祖祖辈辈已经有三代人了。那手艺，还是他爷在六十里以外的观音场上去学的。他爷出门帮了五年厨，帮师学艺，所学的手艺中就数这仔姜鸭拿手。

　　刘二爷做仔姜鸭，那是讲究着的。姜，要选三洞桥后山蓑衣坡的姜。蓑衣坡那地方，土质好啊，全是黑油沙地，产姜，产好姜。那姜一挖出来，一根一掌，黄金色的，像成年大汉子的手掌，喜人得很。鸭呢，当然要选三洞桥五斗溪一带喂的鸭子了。五斗溪流经三洞桥一带九湾十八沱的，都是喂鸭子的天然好地方。吃鱼虾再加上点粮食喂大的鸭子，没沾一丁点人工饲料，那鸭子吃起来当然安逸哟。

刘二爷做仔姜鸭，那是真有一套的。姜，不选老姜。老姜辣口，味道不好控制，否则，就不叫仔姜鸭，该叫老姜鸭了。全部选小半年的嫩姜，更不要有一丁点虫钻眼的，生怕破坏了味道。那鸭呢，肯定是用不得老鸭子了。老鸭子吃起倒是香，可只能用来炖汤，红烧不行，半天都啃不动。用喂养不到一年的嫩鸭子最好。嫩姜对嫩鸭，那真是一道菜的好食材了。

嫩姜切成筷头儿大小的丝丝，再切细了就不行，要烧成一锅姜泥。鸭子宰成小块小块的，大块不好入味。只见刘二爷挽起袖子，把锅啊油的烧得只冒青烟，火候到了，先把鸭子下锅爆出香味，再把仔姜放下去，上下左右用力用劲儿翻炒一番，看见鸭子和仔姜都出色出味了，加上少量的水，再配些其他的盐啊、辣椒花椒什么的调味料，仔姜鸭，就成了。端上桌，那就是上好的下酒菜下饭菜，吃得肚皮鼓起还想吃。这回吃了下回还来吃。

一盘仔姜鸭，看起来简单，做起来却真是手艺活儿。那里面的配料，多了一样不行，少了一样也不行。那火候，鸭子什么时候下锅，仔姜什么时候到位，配料什么时候放入，都是有讲究的。这些，当然是靠长期的经验和积累才能办到。要不，早年三洞桥有上十家仔姜鸭馆子，后来还是只有刘二爷一家留下来了。其他的那些馆子，要么改行卖了豆花饭，要么改行做起了五金店。

刘二爷的仔姜鸭馆子能长时间地生存下来，一是靠手艺，二是靠良心。手艺，家传的，不掺假。每一道工序都是一招一式的功夫，不是虚的。那些食材，那些油啊水的，还有配料，都是良心货，没有一样来得歪的。用刘二爷的话说，做的就是回头客。三洞桥上走白合场，下走洞子场，两处都是水陆码头，成天那条古道上都是人来人往的，能把回头客的生意做好，还怕你一家仔姜鸭生意做不火？

姜和鸭子的组合，居然成了一个小场小镇的一道特色。一家小小的仔姜鸭餐馆，当真成就了一家人的名声，更成了一家人的生活命脉。刘二爷家里，上上下下有三个娃在城里读着书呢，就靠这家仔姜鸭馆子，日子是过得红红火火。家里三层小洋楼都盖起来了。

一道菜，一个小镇，却有着许多让人回味无穷的味道。

2016年7月18日

河西走廊的风

◎王小洲

河西走廊的风真大，一刮起来就停不下来，没有一丝一毫的疲倦，没有一点停下来的意思。

第一次穿行在河西走廊，这里的风就给人来了个下马威。太阳白花花照得人睁不开眼睛，风呼呼刮着，带着响亮哨子。风不仅来势凶猛，而且持续时间长，从长安刮到中亚、欧洲，从汉代刮到今天。

车驶出兰州，越过黄河，告别干枯焦黄的乌鞘岭，一路西行，进入狭长的河西走廊。遥望南面，祁连山和阿尔金山绵延千里，一路逶迤前行，顶上是常年不化的洁白积雪。举目远眺，北边马鬃山、合黎山和龙首山光秃秃的，满目苍凉，隐隐听到漠北二千多年前匈奴的铁蹄声。车行半小时后，河西走廊豁然开阔起来，顷刻间"大风起兮云飞扬"。风很猛烈，高大的白杨在劲风中起舞，低矮的庄稼在西风中抗争，稀落的村庄在烈风中歌唱。

河西走廊在甘肃西北部，得名因在黄河以西，两条山系夹峙，西北东南走向狭长的堆积平原就像一条长长的走廊，所以也是一条风道。走廊东部常年以西北风为主，民勤县素有风库之称；走廊西部嘉峪关以西的玉门、敦煌等地，常年以东北风和东风为主。西北风和东北风在河西走廊撕咬、融合。河西走廊历代均为中国东部通往西域的咽喉要道。

在河西走廊，耳旁回荡着带着血腥味的历史之风。看，手持汉节的张骞带领着一百三十六人，走进了河西走廊。张骞被匈奴扣留囚居十年，然他"不辱君命""持汉节不失"，伺机逃脱，历经千难万险到达大月氏。听，未央宫里雄才大略的汉武帝拿出虎符，一声令下，李广、卫青、霍去病率大汉铁蹄，挥师河西走廊，驱逐匈奴，设置武威、酒泉两郡，后又分设张掖、敦煌两郡，史称河西四郡。打通了的走廊把东西方紧紧连在了一起，中国风一下子刮到了中亚、西亚和欧洲。

历史的风不全是血腥味，也有平和的风。看，印度高僧鸠摩罗什一心弘扬佛法，离开印度菩提树下一路东行，从西域进入河西走廊，被凉国大军所掳，滞留凉州十数年。然法师佛心不改，一路弘法至长安，在终南山下结草庐悉心译经。瞧，玄奘大师正冒着生命危险，一心寻访佛祖，虔诚决然地行走在河西走廊的风里。历经"九九八十一难"终于到达那烂陀寺，觅得佛教真谛满载而归。

河西走廊是中西文化的黄金通道。汉唐"丝绸之路"经这里通向中亚、西亚，最终到达欧洲。季羡林先生说：中国、印度、希腊、伊斯兰四个文化体系，汇流的地方只有一个，就是中国的河西走廊敦煌和新疆地区。东西方文化风在此交汇，东西方思想在此撞击、融合，产生了新的火花，互相影响取长补短。正是河西走廊的风，让中国走向了世界，也让世界走进了中国。

波斯传教士阿罗本风尘仆仆地走进河西走廊，把景教（基督教）传入中国。一场欧洲风刮过河西走廊，刮到了唐都长安。得到太宗皇帝的许可后，聪明的传教士们引用了大量儒道佛经典和中国史书中的典故来阐述景教教义。一百五十多年后，景教在大唐国土上同佛教一样流行。这一切，被镌刻在石碑上，成为历史永久的记忆。

意大利人马可·波罗兴冲冲地带着罗马教皇的复信，来到繁华富庶的东方之国。沐浴着河西走廊的风，他甭提多么兴奋，多么激动，多么喜悦。中国之行的所见所闻，激发了他满眼的惊奇和满心的欢喜。回到故国，他用一本《马可·波罗游记》，在欧洲掀起了一场持续几百年的中国风。

高速路边休息区里，遇到一群金发蓝眼高鼻的马可·波罗的后代们，嘴里哇里哇啦说着，手里的相机不住地拍着。儿子过去交流后得知，他们是一群社会活动家，沿丝绸之路探访呢。

沿着河西走廊的风，我们依然西行。

马可·波罗的后人们，依然在风中东行。

2016年7月19日

去意大利卖凉皮

◎杨广虎

母亲节回家，遇见妗子也来看望母亲。如今村里几乎没有人了，可是父母不愿意搬离。

看我回家，母亲不顾年迈去擀面，父亲吃着旱烟拉着风箱烧水，妗子要去帮忙插不上手，和我在外边拣小蒜。妗子年轻时也算十里八乡一枝花，比起做事邋遢的老舅要干练麻利许多，除了在街上卖豆腐，家里还养鸡养猪养羊，硬是凭着勤劳的双手，起早贪黑将一双儿女送到了大学。

过去的"豆腐西施"，如今，皱纹悄悄地爬上了脸庞。一向乐观的妗子，也显得有几分忧愁。

"一儿一女活神仙，妗子你还有啥想不开的？"我笑着问。

"你娃不知道妗子的苦，你舅是个老实拐拐，一脚踢不出个屁来，全凭我摔打，才让这两个冤家上了大学；上了大学，翅膀硬了，不听我话了，你弟壮壮毕业后要去深圳搞什么创业，你妹秀秀呢，今年毕业，一个姑娘家要去什么意大利米兰卖凉皮！考上大学全村人敲锣打鼓送，这卖凉皮还上什么大学呀？羞死先人呢！"

我连忙给妗子倒了杯茶，说："妗子，你先不要着急，壮壮的事情我知道，他学的是动漫专业，去深圳好着呢。"

"好啥呢！这娃要是个老实娃，听了我话，上个师范，回来教个学，我给找个俊姑娘，结婚生娃我看孙子多好呀！就是不听话，爱画画，要学个什么动漫专业，有啥用。创什么业，还不是打工去，花了我那么多钱，跑那么远的地方，人生地不熟，没钱买房买车，找不下媳妇，我们老了也没人伺候，你说是不有病？学把娃上瓜了！"

"咱们陕西人，自古就不爱出门，三亩地一头牛、老婆孩子热炕头就满足了，现在新时代了，让年轻人出去闯一闯，开开眼界，锻炼锻炼是好事——是不是，你怕老了没人管？"我话题一转。

"我老了，才不叫人管呢！地里吃的都是新鲜的，用你们的话讲，我们吃的都是原生态的，你舅也没啥爱好，就爱喝个小酒，一辈子了，身体也没啥大毛病。"我知道，她这个人一辈子自立自强惯了，不靠人。

"我听说现在农村土鸡蛋都成稀罕货了，把带土的鸡蛋也叫'土鸡蛋'了。"我开了个玩笑，岔开话题。

"我的鸡全在山上放养，下的就是土鸡蛋，小蒜炒鸡蛋，可香了，改天来舅家，妗子给你做。有人还弄人造鸡蛋，和乒乓球一样能弹起来，心瞎啦！不说壮壮了，你看秀秀，也心瞎了！"妗子生气地说。

"妗子千万不敢这么说。我这妹子，一回家不是做饭就是洗衣，全村人都知道孝顺你，姑娘娃，咋能心瞎呢？我看水灵灵的，心好得很！"我说。

"心好得很？！姑娘家的，我让报个医生护士的，毕业了回咱乡村找个工作找个好婆家，多好呀！非要学什么国际贸易专业，这倒好，要去意大利卖凉皮！羞死人呢！"

"大学毕业，只要自己喜欢，干正当职业能赚钱有啥不好？报上说，有个洛阳大叔都在美国纽约曼哈顿卖起了凉皮、肉夹馍，一天要赚八百美元呢！"看着妗子，我故意睁大眼睛说。

"八百？"妗子有些吃惊。

"八百美元，现在相当于咱六千多元。一碗凉皮五美元，相当于咱三十多元呢！"我说。

"这么多呀！比我开农家乐赚钱了，可就是太远了！"妗子又一脸忧愁。

"地球就是一个村。过去从长安到罗马，走丝绸之路要几个月甚至几年；现在飞机一坐，从西安到意大利也就十几个小时，快得很！年轻人都想出去看看，不要再发愁了，赶紧给秀秀准备一下，她去的米兰，我去过，'世界时尚之都'，还有水城威尼斯，嫽扎咧！"我大声说。

"会不会学坏呀！"妗子小声说。

"能学啥坏？给你找个蓝眼睛高鼻子小伙，生个洋娃娃，让你出国也美一下！"我笑着打趣。

"还是找个中国的好吧。我给娃准备些手工酿的醋和油泼辣子，让外国人尝尝咱们老陕的厉害！"妗子自己先笑了。

"还有酒，咱们的西凤酒，让我兄弟出国也和老外干一杯！"母亲不知什么时候站了出来。

"我也要喝一杯美酒！"父亲在灶房说。

"秀秀去的时候，我也要干一杯！"我说。

"好好好，我准备一桌，大家伙好好聚聚，共同干杯！为秀秀送行！"妗子笑盈盈地说，"我们光顾挑菜说话，嫂子油泼辣子裤带面都做好了，吃吃吃！"妗子高兴得手舞足蹈。

"吃吃吃！"一阵笑声醉了黄土高原上寂静的村庄。

2016年7月22日

石鼓山游记

◎孙亚玲

石鼓山属于陕西渭南的管辖地，但却离我的老家蓝田县许庙镇很近，大概只有十多公里。所以，来石鼓山游玩的人，以蓝田的游客居多。

正值端午节，城里又炽热，于是就带着女儿和父母回到老家许庙镇。

下午，一家二十多人浩浩荡荡开着三辆车，向石鼓山进发。

相传在西汉末年，王莽篡权要夺大汉江山，刘秀整日疲于逃命，有一日，他来到石鼓山下，抬头看着面前的石山，恰似一面大鼓矗立于眼前。石山上，松柏成林，古木参天，郁郁翠翠，山顶烟雾缭绕，透着股仙气。登上山巅，眼前立刻出现一片平坦之地，极像鼓面。鼓面上，又有两块石头酷似鼓槌。他来到鼓前，拿起鼓槌，对着远方的天空说道：今我刘秀来到此地击鼓问江山，如果还有我汉室江山，你就发声，如果真的要我汉室江山灭亡，你就不要发声。说完后，他用尽全身的力量抓起石槌抡了起来。槌落山响，"嘭嘭嘭"一连几声山响，震耳欲聋。

刘秀一高兴，把右手中的一只石槌扔了出去，结果那只石槌一路向南，最后竟落到了河南的南阳地界。

刘秀坐了东汉江山，封此山为石鼓山。今天，在石鼓山上，只剩下了一只鼓槌，听说南阳有一座石山叫鼓槌山，想必就是当年刘秀扔出去的那一只石槌吧。

攀爬石鼓山，难度的确很大，一条又窄又细的羊肠小道曲曲折折，偶尔还会有一堆大大小小、没形没样的石头横在面前，路便无影无踪了。这时，双脚只能踩在石头上，还得用双手拽住旁边的树枝才能爬得上去。爬了不大一会，我便累得靠在树上，大口大口地喘着粗气，浑身的汗就像刚从水池里出来一样。在休息的间歇里，放眼望去，风景真美，到处都是翠绿翠绿的树。抬起头来，天空蔚蓝，一团一团的白云如袅袅炊烟飘在空中，围绕在远处山巅的树梢之上。轻轻地闭上双眸，身体仿佛进入仙境，唯有远处的小鸟在展放歌喉。一阵柔柔的凉风从身边刮过，闻到的是芬芳四溢的花香和清新的小草气息，使人挪不动脚步，不再想往前一步。

老父亲追上了我，看着我陶醉的样子，推了推我说：走，继续上，无限风光在险峰，到了山顶，还有更美的景色呢。

父亲已是75岁高龄的老人了，爬山的耐力和毅力可一点也不逊色于我们年轻人，大哥刚想搀一下父亲，就被父亲拒绝了，摆着手说，不用扶，我还不老，就这山，和当年我上山割竹子的山比起来差远了，何况当年还有百八十斤重的担子担在肩上呢。

山顶果然如老乡所说，平平整整的，和鼓面一样，大概有几百平方米。在鼓面正中，还真的有一块石头酷似鼓槌一样嵌在鼓面之上。鼓槌的一面，写着几个红颜色的大字：石鼓山。

站在山顶望着山边的田地，黄灿灿的麦穗迎风摇摆，好像一条条金龙在翻腾着。夕阳的余晖映红了远处的天空，山底的村庄里，是村民们一家挨着一家的农家乐，各家门前都挂着一串串红灯笼，其中有一家人还种了一大片向日葵，金黄金黄的脑袋竖在那里。夕阳、灯笼、向日葵、麦穗，还有翠绿翠绿的树木，互相衬托，绘成了一幅美丽的田园风景。

老父亲，大哥二哥和表弟，侄女女儿，还有表弟十岁的女儿，我们站在山顶，乘着凉风，观着美景，感受着山的伟大，山的宽厚。我问父亲，不知刘秀当年击鼓问江山后的心情是什么？

父亲向我招了招手，示意我过去。随即一只手遮住我耳朵，神秘地对我说：你去问刘秀，我也不知道。

2016年7月25日

漫步在梁家河的村道上

◎冯兆龙

梁家河，这个曾经普通得不能再普通的陕北小村，近年来却因一个人而走进了人们的视野。这个人，就是习近平总书记。四十年前，一群来自北京的知青到达梁家河，开始了他们人生最初的寻梦，这群人里就有习近平。

今年六月底，我有幸随西安晚报青年散文大赛采风团走进了梁家河。

早上七点，大巴车从西安出发，经过四个多小时的奔波到达了离梁家河不远的山脚下。下了大巴车，我们乘坐电瓶车去村里。电瓶车沿着狭窄的山道缓慢前行。山道两侧就是当年知青修淤积坝处，现在已经一派绿意。河道越来越窄，坡越上越陡。望着这座群山环绕的村落，我不禁感慨，习总书记当年就是在这个狭窄而封闭的山沟里度过了他的青春岁月。电瓶车停在村口外，我们沿着村道缓缓而上，村民们的窑洞就沿着山沟两侧散落在地势较高的山坡上，虽然现在日子好过了，有些人家甚至办起了农家乐，但你仍可想象这些窑洞当年的寂寞和冷落。

我们首先来到了习近平总书记当年住过的窑洞。一个灶台、一盘土炕、一张破旧的竹席、一张被磨平了棱角的木桌、一盏锈迹斑斑的煤油灯……一个十五岁就离开父母的少年，在这没有电灯的窑洞里，度过了一个又一个的黑夜。习近平是1969年插队到梁家河的，接受了七年艰苦生活的磨炼。2003年，习近平总书记在接受央视《东方之子》栏目采访时说："一年三百六十五天，除了生病，几乎没有歇着。下雨刮风在窑洞里铡草，晚上跟着看牲口，还要去放羊，什么活都干，到后来扛二百斤麦子，十里山路都不换肩。"原梁家河大队一队队长石玉新说,在梁家河,知青吃得最多的除了玉米团子外,就是小米、杂面,蔬菜是蒸土豆或水煮白菜,夏季,可以调配一些小蒜之类的野菜。油是生产队自己榨的麻油,装在空酒瓶里,每顿饭能滴一滴就不错了。肉是不敢奢望,只有过年的时候,生产队杀一两头猪,每人能分几斤猪肉。知青们和乡亲们一起耕田种地,一起拦河打坝,一样的吃"团子"(玉米面窝窝头),梁家河的山山洼洼,留下了他们劳动的身影和辛勤的汗水。习近平总书记曾数次回忆他插队生活中跨过的"五大关",即跳蚤关、饮食关、生活关、劳动关和思想关。为何跳蚤关是第一关?他这样解释:"在城里,从未见过跳蚤,而梁家河的夏天,几乎是躺在跳蚤堆里睡觉,一咬一挠,浑身发肿。但两年以后就习惯了,无论如何叮咬,照样睡得香甜。"习近平总书记说,在陕北,让他受益终生的是懂得了什么叫实际,什么叫实事求是,什么叫群众。到梁家河一年之后,与农民日益亲近,习近平的窑洞已经成了村里的中心,闲了的时候,村里人就喜欢到他的窑洞,听他讲古谈今。渐渐地,就连村党支部书记有什么事都找他商量。后来,他成为村党支部书记后带领群众打坝淤地,发展沼气,修筑梯田,植树造林,建立磨坊和裁缝铺、铁业社、代销点等。在他任大队党支部书记的两年里,梁家河的灯亮了、火旺了、路宽了、粮多了,人们的心暖了。正是这一段艰苦岁月的磨砺成就了他另一段人生的开始。十五岁来到黄土地时,他曾迷惘,彷徨;二十二岁离开黄土地时,他已经脱胎换骨,有了坚定的人生目标。从十五岁到二十二岁,沟壑纵横、山梁如刀削斧劈的黄土高原见证了习近平的成人礼。

漫步在梁家河的村道上,我想,我们有时真的要感谢苦难和逆境,因为真正使人变得智慧勇敢,豁达大度的,不是优越的顺境,而是那些意想不到的挫折和磨难。对于一个人来说,苦难和逆境,挫折和磨难不一定就是无奈、消极和颓废,有时,它还是我们人生不可或缺的经历。天空不只有蔚蓝,云朵不只是白色,换一种眼光看待生活中的坎坷与磨难,也许你会发现它们也是人生路上一道亮丽的风景。

梁家河,习近平总书记挥洒了七年青春的山村,历史注定将永远记住这个地方。

2016年7月26日

观　荷

◎徐祯霞

　　鲁院里有一池荷塘，在我们必经的地方，出出进进，我们都要打它身旁经过。

　　池塘不算太大，却颇为精致。初来的时候，池塘里是没有荷的，只有许多的鱼，这些鱼多是红色的，大大小小，在池塘里欢快地游来游去，过着不知天上日月的生活。

　　某一日，池塘里的鱼被打捞，水被放干，问起，说是要种荷。于是池塘里便放进了一些咖啡色的瓦盆，原来，鲁院的荷是这么种的，新鲜，我的心中充满了好奇。

　　我就想，这些荷会怎样地生长出来呢？数天后，荷塘里冒出了豆瓣般的小芽，然后慢慢地长到指头大，再到铜钱状，饼干状，最后冲出水面，游浮于池塘。不几日，荷塘便变得生机勃勃了，那些嫩绿的小叶挤挤挨挨在水面，像一群调皮的孩子，簇拥在那里，释放着生命的美和纯真。于是，每每打此经过的时候，便要在荷塘边停驻一会儿，用我十二分的好奇观望着这些荷们生长的律动。

　　池塘里因为有了荷，便日日有了些变化，荷叶长大了，长得肥厚了，鲜绿了，荷茎长高了。这些变化虽然细微，但是它的每一天都跟前一天不一样。荷悄悄地生长着，一如在我指缝中溜走的时光，荷每长大一天，意味着我在鲁院的日子会少一天，因而我的心情是喜忧参半的。之所以喜忧参半，说到底，我是恋着这儿的，恋着这儿的一草一木，恋着这儿的人文气息，恋着这片可以滋养我心灵的园地。在这里的每一天，都是被书香填充得满满的，归去之后，这样的日子可否再有？归去之后，这样的心情可否再有？

来到北京，在鲁院的荷塘还未鲜绿之时，我曾去了清华，只为看一看朱自清先生笔下的荷塘，体味一回先生笔下的荷塘月色。那是一个春日的周末，我与同学相携，走进了清华园。在清华学生的带领下，我们来到了朱自清笔下的荷塘。荷塘中的荷尚未露头角，只是一些小浮萍，静静地漂浮在水面，荷塘边有一些学生在读书，荷塘恬静并安详着，充溢着书香之气。我们在荷塘边徘徊着，体味着朱自清笔下的荷塘的意境，只是，那些曼妙的荷，那些美丽的荷还没有长成，徒留一种寻而不得的遗憾。其实，我也知道，时代在变，就算是我真正见到了朱自清笔下的荷塘，我的心境同朱自清彼时写这篇文章的心境也是不一样的。

荷花一天天地长大，一天天地长高，长到两尺高的时候，打起了花骨朵，圆嘟嘟的，极饱满，于是，每一天的清晨和黄昏，我们就倚坐在荷塘边，静等着荷花的开放。鲁院的池塘边便常常有学员们一阵又一阵清脆而透亮的笑声，惊得池塘的鱼儿四处逃散，待笑声过后，它们又再游回来。时间久了，已成习惯，它们已不再惊，亦不再逃，鱼儿知道，这是一伙没有恶意的人，因为他们还常常带来了面包屑和碎馒头喂它们，他们只是，只是喜欢这一池绿色和充溢满池的生机。

某一天，有同学兴冲冲地发布消息，荷花开了！人皆问，真的开了？真的开了，不信你们去看去！我急急地去了荷塘。开了，荷花真是开了，虽然只是一朵，但已令满池生辉，它粉粉的、嫩嫩的，如初生的婴儿那样明媚与可人，让人情不自禁地喜欢。这是新荷，鲁院的第一朵荷花，开在北京仲夏的天空，如一只破茧而出的蝴蝶，醉了荷塘的天空，醉了鲁院的夏阳。

一朵荷花开了，接着便有很多朵荷花开放，它们像一群豆蔻年华的少女，灵动而娇妍地开放着，令荷塘妩媚嫣然。只是，只是当满池荷花开放的时候，却是我们该离开鲁院的时候了。我站在荷塘边，心中充满了感伤，荷呀荷，在你最美好的时刻，我却要与你别过，此一别，将是何年？相信，我还会再来，只是不知是不是在你最美的时刻？

我用手机留下了对荷最后的印象，而这片荷塘也会是我心中最美好最恒久的向往。此后，别处也是有荷的，但它终究不同于鲁院的荷了，那么，我且将它珍藏在心间，让它时时在我心中散发着文辞墨香。

又一轮朝阳升起，我再看了一眼那些兀自妖娆的荷，别过……

2016年7月29日

一池痴水

◎ 范 超

　　是源于外力驱动，还是缘于内心悸动，一滴水，紧跟着池里另一滴水，排队热身，在紧张、兴奋、惶恐里不安不已。它们消沉太久了，终于有了这次机会，被召唤着要飞起来了，太阳照耀的无限向上的未知领域对它们产生着强大的诱惑，它们艳羡着憧憬着那里，在前面池水蹿起的瞬间，爆裂开优美水花的瞬间，它们的眼睛一次次被点亮，时不时叫着好，或者三三两两谈笑几声，脸上放射着光芒，或者朝水池外路过的我瞄几眼，眼神灼热。它们希望得到我的关注，关注才能产生价值啊，我顺乎它们的心愿，索性就停住了奔忙的脚步，驻足静赏这一场盛大演出，记录可能改变它们命运的这次历史性的沸腾和飞腾。

　　可是我看到了什么呢？大部分的水好不容易起来后，一个怒放的转身，重又重重摔回了原地；而另一些水刚刚飞起，似乎还没来得及睁眼看看这个无数次向往的美好的发展空间，随即便被强烈的阳光无情地一把攫去，倏忽化为虚无；还有一些水刚刚飞起，怎么忽然就在那个当儿，刮起了那么大的风呢，风势甫起就很大，且全部是朝一边刮，刮得迫不及待，刮得野蛮任性。水的初衷明明是要往高处去的，却被风拦腰横插了一杠子，一下子就偏离了方向，朝着从来没有想过的另一处漂泊去了。它不情愿，可是没有办法，它身不由己。它是想着好风凭借力送我上青云的，可是不正经的风怎么会顺从它的意思？到头来，这些水大多都是被狠狠弃置在池外一边的地上，一滴滴叠加在一起，无法收拾。不要以为它们就是最可怜的，那不一定，还有的水洒到了花草上；还有的被展翅而过的鸟雀截流；还有的被一两个熊孩子接住润了发湿了衣；还有一些，竟然被几辆开过的汽车载走，好像要被带动着去见更加精彩的世面，却又迅疾被雨刷刷下，其速度之快让它们一时懵懂无措，莫可名状。

而那些失落在一边水泥地上的水，逐渐漫成了一个大群体呢，它们似乎在倾诉，在号哭，但是再也没谁有闲工夫去关注。它们试着突围，想找到一条新路，一些就顺着水头流到水池这边来，涌动得很是着急。它们原以为一定会回流到水池里，再来一次凤凰涅槃梅开二度，可是当它们赶过来左瞧瞧右望望，哪有什么路？于是悲伤的气氛渐次弥漫开来，希望很快成了绝望。终于，它们成了一滴眼泪，任由一个美女拿着手机蹲在身旁，从它们的泪花里拍完夕阳日益沉沦所释放出的最后一抹美好之后，无奈合上双眼，转而让自己的夙愿随着灵魂开始飞升。它们想告诉池里还在争先恐后准备升起的水一些什么，却张不开口。就像我这个旁观者，早已看穿了整个过程和结局，却也没法告诉谁，也不见得有谁当真仔细去倾听。我只能先一任它们瞎折腾，漠然看着一大片水被唤起后又被浪费在其他地方，又看着另一大片水要给自己有个交代似的奋力向着高处攀升。

又怎能轻易判出对错呢？起码，总还有这么一次展示机会吧。离开了水池保护，去选择宁鸣而死不默而生，谁也不能预料会遭遇什么风险。但是一直安稳待在池中，守着一潭死寂过完一生，让风在脸上吹起道道皱纹，从最开始就能清晰地看到最终了，又有什么意思？其实于我，这其中的是耶非耶波波折折压根儿也没能在水里掰扯平啊。我不知该支持它们还是泼上一盆冷水。

我想还是先看看再说吧，等到它们都基本被轮训一遍时，那个掌握它们命运的人就会适时出现，那个操纵这场戏的导演就会掐点叫停——水池喷泉的开关被关掉了。到那时，池里会重又恢复平静，像什么都没发生，而那些在这次行动中走失的死水都会泛起微澜，那些或享片刻荣光或叹潦倒涂地的水，也都会从各条路上通过各种方式回来，它们会开交流会总结会之类，在头脑风暴思想碰撞慎独悟道之后慢慢明白某些事理，慢慢打消心中源源的念头，在自己飞不动时，看着下一波蠢蠢欲动，等待时机上场，再一次沉浮不止。

而那些小小锦鲤，在刚刚水波大兴之时，全部躲在池角，随波涌动，不明就里。但当经过了这场轰轰烈烈的事件冲刷洗礼之后，顿时被充分鼓噪起来，撒欢儿游动着。这个水池在他们远大视野里一下子显小了。有那么几只，我看架势，好像已经倍觉自己终非池中物了，得了天地灵机似的，似乎说时迟那时快的，马上就要一跃而过龙门了呀。

2016年8月1日

哈密，永难割舍的记忆

◎ 刘晓娟

离开哈密已经三十多年了，对她的眷念却始终无法释怀。因为哈密是我人生的起点，成长的驿站，那广袤的戈壁滩曾经有我童年的所有欢乐。

20世纪70年代的一个初春，母亲把姐姐寄养在陕西关中乡下姨妈家，一手牵着哥哥，怀抱襁褓中的我，以随军家属的身份，去投奔在新疆哈密从戎的父亲。从此，母亲结束了清苦艰辛的日子，父亲了却了愁肠百结的牵挂。

父亲是一名空军军官，他们驻守的机场位于天山脚下。站在空阔的飞机跑道上遥望身旁的天山，山顶刺入云端，阳光下，一派白茫茫，那时候总以为是未消的冰雪，很久很久后才知道，其实那是石质的本色。

哈密常年干旱少雨，从天山流淌下的雪水亘古不息，戈壁滩被冲出一道道沟谷，沿沟谷两侧，每距二三百米远，就有一个人工开挖的深二三米的被叫作"坎儿井"的蓄水窖，积下的雪水就是所有生命的甘泉。父辈们用他们的双手在戈壁滩上给飞机搭起了"窝"，也给我们建起了家园。沿沟谷的两侧，生长着粗壮苍劲的沙枣树，地上铺满绿茵茵的甘草，牦牛在悠闲地低头觅食。八九月份是沙枣成熟和采挖甘草的季节，熟透的沙枣黑紫色小蚕豆般大小，吃一颗满嘴生涩，可要是不停地吃下去，就会涩中透甜，回味无穷了。采挖的甘草被洗净晒干，冬天的时候，大人孩子们常常嚼着它用来治疗和预防咳嗽。

哈密的风很大，带着长长的哨音，即使春天也很凄厉，大风把固定飞机的手腕粗的铁链常常生生扯断。记得有一次，风沙把部队养的一头五六百斤重的大肥猪掀得滚出百米远后死了，大伙足足吃了一个星期的红烧肉。还有一次，父亲和几十个战友出勤，归途中遇到了风沙，漫天弥漫的沙尘使他们迷失了方向,几十个人不得已就地背靠背用双臂护住头过了一夜。

那个年代,在部队生活的孩子有种"少年不知愁滋味"的优越感。哈密的冬季寒冷漫长,一群孩子在家属院积水结成的"人工溜冰场"上,用自制的滑冰车玩得热汗淋漓,我们风华正茂的父亲们也会抽空加入到孩子们的游戏中,嬉笑声、吵闹声让沉睡的冬季惊醒了,振奋了,欢呼了。孩子们玩饿了,便跑回自家门口,在火墙壁炉里摸出一个烤得热乎沙香的土豆充饥,或在窗台的军绿瓷盆抓一块炸得油香焦黄的带鱼解馋。而今,少小的伙伴们早已如蒲公英种子般风流云散、落地生根去了。

孩子们另外一件开心事,就是部队大院里放电影。至于片名、内容我一个也记不得了,而全家人出发前的准备工作以及我和哥哥迫不及待的心情却清晰地刻在我的脑海里。父母忙着套上大头鞋,穿上衬子是寸把长皮毛的军大衣,临出发前还会变戏法似的不知从哪儿摸出几块水果糖,平均分给我和哥哥,令我俩雀跃不已。在零下二十多度的露天看电影时,我和哥哥暖暖和和地蜷在父母怀里,只露出一双小眼睛,糖攥得手心里出汗了也舍不得吃一块。母亲每次为了能让大衣尽量裹住我们,把自己的腿露在严寒里而落下关节顽疾,病痛一直陪伴她至今。

节假日的时候,父亲会带着我们全家人去当地维吾尔族战友阿不都·买买提大叔家做客,小毛驴车满载着欢乐,维吾尔族姑娘美丽的裙子和数不清的辫子在我记忆里一直飞舞。大火炕上的矮腿方桌上,热情的主人准备好了喷香的馕饼、金黄酥脆的油炸馓子和他们待客的最好饭食——手抓饭,用他们叫作钵钵的小碗盛给我。对这种油乎乎的羊肉饭我总是不愿下勺,母亲私下吓唬我:吃不完,人家不让走的,我信以为真,赶紧让小钵钵见了底。

在老家那个旧式镜框里,哈密时的我梳童花头,穿灯芯绒上衣,最"酷"的,是胸佩毛主席纪念章,手里握着冲锋枪,旁边的哥哥"武装"和我相似,只是头上一顶小飞行员帽让他看着特别神气。那两把做工精细、逼真的玩具枪,父亲在上面工整题字,哥哥那把上是"提高警惕,保卫祖国",我那把上是"中华儿女多奇志,不爱红装爱武装"。如今,它们依然完好地保存在父母身边,每次我们兄妹们回家看望父母,我们的孩子们会翻出那些陈年旧物,看着他们兴味盎然的样子,总会勾起我对哈密刻骨铭心的回忆。

哈密,那记载着我童年和父母韶华岁月的地方……

2016年8月3日

初心之路

◎三 道

端午出游，同行有西安美院的二师姐，麻坛逍遥派同门师妹，有一心想要当网红却乡音不改来自县城的设计师，有年轻貌美住别墅的妙龄女子。还有我的学弟，此行领队。

蓝天白云，草原牛羊。

甘南藏族自治州，位于甘肃西南部，地处青藏高原东北边缘与黄土高原西部过渡地段，是藏汉文化的交汇带，是黄河长江的水源涵养区和补给区，被称为青藏高原的窗口。

我们去的夏河是甘肃省甘南州下辖县。夏河是一条河，流经一镇六乡。夏河县有一条主街：一头通往临夏，一头就是闻名世界的拉卜楞寺，冯小刚的《天下无贼》在此取景拍摄。

夏河小街，藏香的味道靡靡摇曳，一块糌粑咬下去就能瞬间融化你的心，喝一杯酥油茶足以让你回味很久。抬头就见山头金顶的寺庙，裹着红色僧袍偏露一膊的喇嘛随处可见。

行游至此的我们，除了转经还有转街。设计师屋绝对是这条街上最高大上的店，纯手工制作的牛羊毛制品的各色衣饰，还有不知道有什么用但就是觉得很好看的设计独特的小玩意，价格就在价签上，绝不还价。酒吧只卖进口的酒，老木头搭建起了县城最洋气的角落，老板爱笑。

马老板的藏宝阁，摆在外面橱窗的都是平常物件。里屋拥挤，进去就让你舍不得眨眼，全是老物件好东西，只是贵到让人伤感。而几个当地小伙子开的甜品店则是这条街上最为休闲的一处，酥油茶配现代工艺制作的蛋糕，混搭得格外有风格。坐在店外的藤椅上，眼前就是拉卜楞寺。

对于甘南，我并非初至，有许多回忆。

1999年5月，美院的写生季。我们班十三个同学在杨锋老师带领下，从西安火车站出发，开始了长达三十六个小时的漫长旅途。绿皮车一路摇着，我们一路笑着吃着闹着，夜里会拿出速写本，画车厢里横七竖八的乘客，总有些睡不着的人围着我们看。

终于到了柳园站，大家连滚带爬地逃离了绿皮车，接下来又是近三个小时的长途车。到了写生第一站莫高窟，老师提前联络了里面的熟人，我们得以看了一些不常开放的洞窟。于是，一天的时间都泡在里面，建筑、彩塑、壁画，至今都还在记忆里。有同学打着手电筒捧着速写本，描摹那尘封千年的文化遗产。

第二站嘉峪关，我和同学穿着古代兵士的盔甲拍照留念。是夜，就在嘉峪关脚下睡了。第二日醒来，打开电视机就看到了惊心动魄的消息，美国轰炸中国驻南斯拉夫大使馆，当时不知是什么滋味，突然就想回家。

于是，一次写生因为一场轰炸开始瓦解。宁宇和老李两个同学在老师的默许下结伴去了新疆。另一拨同学随老师去了甘南，我和柳治、贾斌及其女友决定回家。我们四个在兰州中转，逛了圈兰大，吃了碗牛肉面就匆匆返回西安。当时对甘南没有什么认知，只想带着没有花完的钱回学校好好享受。

2009年7月，同好友小春、断翅坐火车，一夜到了兰州。遂又转乘大巴车抵达临夏，再包车直奔夏河。在拉卜楞镇当晚，看了阵势浩大的广场舞，吃了极不适应的当地烤肉和羊杂碎，在湿冷阴沉的三人间凑合了一晚。就因为这一晚，黑壮强健的断翅第二日就病了，上吐下泻加发烧。

我仨在甘南仅停留了一天，上午转经拉卜楞寺，下午驰马草原。虽然只有一天，却记得那经幡、经筒、彩布帐帘、糌粑、酥油茶、青稞酒。除此外，就是焚烧不绝的松柏枝和袅袅升起的缭绕烟雾。然而，最好的记忆却是在往返的路上。不管是出租车还是大巴车，都播放着各种旧日的流行歌，那时那境下，觉得特别动听。哪怕是最烂俗的《知心爱人》，我仨跟着一起唱，旁若无人，异常兴奋无比开心。那次离开转瞬七年过去了，甘南一直是我旅行的首选目的地。我爱那里的天高地厚，我爱那里的寂静辽阔，我爱那里的质朴纯净。站在那片天地间，总觉得抬头三尺就有一种冥冥的东西存在，萦绕着你，可以让你回归初心，看见自己。

2016年8月5日

我 爸

◎封鲜玥

我常说我是个码字换糖吃的主，三不五时写点段子，隔三岔五写点科普文章，觉得自己老文气了，可是细想想，我好像从来没写过我爸。

可能有人要说，还一文人呢，张嘴就是"我爸"，能不能洋气一点，说"我的父亲"。这俩称呼可绝对不是字数上的区别，"父亲"，太书面，尊敬和威严是有了，却远不如"爸爸"来得亲。

我想跟你们说说我爸，可是我说点什么呢？说破天去，天底下的爹都是一样的啊，父爱如山什么的。可是我爸又跟别人的爹有点啥不一样呢？从小的记忆里面，我爸好像也没什么特别。

但是啊，我爸写字儿特好看，打小我就知道，我爸那钢笔字儿啊，比印的都好看，在我们充斥蓝黑墨水的求学生涯中，我爸那些碳素墨水写的字显得又庄重又沉稳。小时候参加作文比赛、演讲比赛，得有一稿子，那年代没那么多打印的条件，所以稿子最后上交的时候都是工工整整誊写在稿纸上。我印象里面我的好多作文都是我爸替我誊写的，纸面上别说涂改的印记了，就是钢笔水蹭手上晕出来的痕迹都没有。说来也怪，我打小就手潮，写字的时候总能把钢笔水蹭手上，然后作业蹭得黑一道白一道的，我爸就从来不会，他写字永远干净整齐，连写一留言条，都让我觉得那字忒好看。

我爸还会画画，不管是临摹小人书上的插图，还是在玻璃哈气上面涂鸦，我爸都比我妈画得好。记得小时候买过一盒水彩笔，笔盒包装是一个站在花丛里的小姑娘，画风就跟动画片《花仙子》差不多。我爸顺手拿根铅笔，噌噌噌——画好了。和包装就一个区别，人家是彩色的，我爸画的是黑白的，当时我就震惊了啊，我爸怎么这么厉害！

我爸会给我扎小辫儿，虽然打小都是我妈给我梳小辫，我爸也就是偶尔给我梳一下，这就让我记住了。我估计是因为我妈干啥都手紧，织围巾都能织出一条石膏线，扎辫子更是能把我头皮都揪紧，眼角都吊上去那种。我爸就不会，我爸给我扎小辫时候手可轻了，虽然后来我妈曾吐槽说我爸给扎的小辫晃两下都能甩开，但是我还是偶尔会怀念我爸给我扎小辫时候绑上的硕大的红蝴蝶结。

我爸爱看书，所以他特别会讲故事。十二岁以前，我爸给我养成一习惯——不讲故事不睡觉。现在想起来，我喜欢看书、喜欢写东西，就是那时候我爸给培养的。所有小孩都喜欢我爸，喊他故事大王。但是说心里话，我不喜欢别人那么喊他，这是我爸，就该只给我讲，给你们讲是便宜你们，偷摸占了便宜了就该悄悄地，还咋呼，烦。我挺小的时候，我爸给我订了很多期刊，印象最深的就是《童话大王》和《童话世界》，一个月一本，薄薄的小册子，我不识字的时候就抱着看插画，然后我爸给我讲里头的故事，后来我爸还很细心地把这些月刊都收集装订成一年一册的合订本，用锥子在书脊边上扎几个眼儿，把回形针掰直了，再折成订书针的形状，从眼儿里穿过去。这还不算完，我爸还会细细地给合订本粘上一个封皮，工工整整地写上书名和年份，讲究。包书皮也是我爸教我的，他爱书，所以他很多书都包了书皮，印象里都是用牛皮纸包的，书脊上是我爸碳素墨水写的书名字。书皮是个特神奇的东西，它好像能把油墨味都封印在书里，不管过多少年，再翻开的时候，那股油墨味就出来了，香得窜鼻子。

我爸最厉害的地方就是他从来不写错别字，我觉得所有文稿里的错误在他眼里都无处遁形。吃饭时候看个电视，电视里字幕哗哗滚动，我爸一边夹菜一边笑着问我："快看，这行字幕里有一个错，你看出来了吗？"我要是看出来了，我爸赞许地笑笑，我要没看出来，我爸就开始给我讲，为什么用那个字是错的。一般这个时候，我妈在边上也不闲着："去查查字典，加深一下印象。"所以这就给我落下病了，每次说让我爸看我写的什么东西，或是他看我工作的那家报纸，我心里总是觉得莫名的惶恐，就怕我爸看着看着，说"你这个字，用得不对啊"。我发一朋友圈，我爸都能专门给我挑出错别字再留言说一遍。我爸啊，做了一辈子新闻工作，就是这么严谨。

　　我爸喜欢小动物，感觉他什么动物都会养。在屋里逮住一蛐蛐儿，我爸都能找个瓶子给养起来，虽然后来知道那是我妈一减肥药瓶子，蛐蛐吃了粘减肥药粉的瓜子仁儿，两天就瘦成一张皮死掉了。我爸爱猫，所以我家一直养猫，说我打小是跟猫一起养大的也不为过，小时候比较有印象的就是在奶奶家时养过个橘色毛皮的小黄，在姥姥家养过个长得像黑猫警长的小黑，后来在我家养了和我爸有着一模一样八字胡的仔仔。可能因为我爸是我们家里唯一男性成员，所以仔仔作为一母猫，也特别爱我爸。爷儿俩没事坐一起黏糊，你啊呜一声，我啊呜一声，有来有往地聊半天，你也不知道他俩聊啥。

　　我爸特别会养花。买水果的时候人给削一个菠萝把儿，我爸拿回来拾掇拾掇泡上水，就成一盆景了。还别说，什么红薯疙瘩、萝卜缨子，我爸都能给养开花。我有盆铜钱草，本来长挺好的，后来长疯了，蹿成了电线杆，没多久就变得死气沉沉，我一看都那样了，就丢在一边不管了，我爸看见了，拿去捣鼓捣鼓，没多久，又活了。路边捡一盆别人养死丢掉的植物，回来我爸侍弄几个月，就能死而复生再长出叶子来，我爸就这么神奇。

　　对了，我爸还会做手擀面。我爸擀出来的面，一个字——香，俩字——好吃，仨字——没谁了。这一两年我极少吃面食，但是想起我爸做的手擀面就馋得流哈喇子。前阵子跟我爸申请吃他做的手擀面，我爸问，那你是想吃油泼的啊，还是想吃西红柿鸡蛋的啊，还是臊子面啊？我在油泼和臊子之间犯了选择障碍，我这正纠结呢，我爸发话了，都想吃，那就两种都吃，一样来点，过个瘾就行。长这么大，能这么惯着我的也就我爸了。

　　啰里巴嗦说了一堆，好像也没写出我爸什么特了不起的光辉形象，但是我爸就是那样一个人，平平淡淡的，没什么激烈情绪，没什么丰功伟绩，像他养的虎尾兰，清冽静默，硬朗挺拔，又永远是那样坚定地陪伴。

2016年8月9日

蟋蟀的歌声

◎孙小群

夜深人静之时，蟋蟀的歌声便显得那么的清亮而欢愉。如果是在乡下、在野外听到如此动听的歌声自然是没有什么稀奇，只是这歌声从钢筋水泥构筑的三十多米高的水泥匣子里传出来，就让我惊奇。我循着歌声走到了厨房，在厨房灶台的一个角落，我听到了蟋蟀忘我动听的歌声。真是疑惑，它是怎么来到这里的？是随着蔬菜篮子而来，还是轻落其他物体上随之入住这里，我不得而知。

只要听到蟋蟀的歌声便让人联想到乡野，晚风，青草的味道及野花的香味。童年的我就是个疯丫头、假小子，整天跟小伙伴们在野外疯跑，爬坡下沟，采花摘果，上房爬树，捉虫捕鸟，没有我不干的，常常和小伙伴们玩到很晚，在妈妈一声又一声的呼唤声中才回到家中。那时，我对万事万物都充满了好奇，当然也包括昆虫。蟋蟀、蚂蚱、金龟子、蝴蝶、蜻蜓都在我们捕捉、观察之列。小时候的我们好像内心从来不知畏惧什么，我们曾把昆虫放进嘴里看谁坚持的时间长，即使昆虫在嘴里释放酸麻的液体；把蚂蚱的大腿捏在手里玩，捏一下整个腿就蹬直了；捕捉美丽的蝴蝶做成蝴蝶标本。随着年龄的增长，我慢慢地对所有的生命都充满了敬畏之心，想起小时候的举动感觉好恐怖，真是无知者无畏。少女时期，常常被乡野间的美感动。我的心事随着风在草叶上舒展，我的目光追随着蝴蝶在五颜六色的野花间徘徊，我的思想随着树木的枝干在天空中伸展，我的梦随着蟋蟀的鸣唱渐渐变得五彩斑斓，我的情愫随着鸟儿的歌唱变得纯真而温软……

蟋蟀又一阵欢畅的歌声叫醒了我的思绪。

我想把它奇妙的歌声留住。于是,我一边听着它清脆动听的歌声,一边给它做了一个布满气孔的透明小"房子"。我轻轻搬开灶台边儿的东西,便看到它轻巧的身影蹦跳了起来,我迅即用抹布把它盖住,然后把敞开的"房门"对着抹布边儿,然后轻轻地掀开抹布的一角,它便跳进了我为它建造的"房子"里。

我把葱丝、青菜丝从气孔塞进去,我希望它无忧无虑地吃,无忧无虑地歌唱。可整整一个夜晚,我再也没有听到蟋蟀的歌声。第二天,它仍然沉默,郁郁寡欢。我原以为留住它便留住了它的歌声,却不曾想,留住了它,却再也听不到它的歌声了。我想,它是大自然的孩子,它渴望在自由中歌唱。它的歌声是唱给晚风,唱给月亮星星,唱给睡梦中的孩子的。我把它放归楼下花园,看到它欢快地蹦跳着藏匿到草丛里,心里便有了一丝释然。

昆虫、飞鸟与人一样,都有着自己的习性与爱好,都有着自己理想的生存状态,要强行改变它,让它按照我们的想法来生存,就等同要剥夺它的性命,还是还它自由为好。自由,归还生命本真,自由,让生命绽放美丽!

2016年8月10日

老房子

◎鲁　续

家里现在住的是爷爷留下的老房子，老房子是爷爷亲手建造的。能够想象得到，当年一大家子人在老房子里生活，虽说日子艰苦了些，但是很热闹。爷爷有一个女儿，六个儿子，孙子孙女也有一大群。爷爷给六个儿子分家的时候，父亲只分得了老房子其中的一小间。几个伯父和叔叔结婚成家都较早，后来都有了自己的新房子，老房子就给父亲留下了。

爷爷一直住在老房子，直到离开人世。爷爷死后过了几年，我才出生，我们爷孙俩并不曾谋面。我想：爷爷肯定不知道自己还有我这样一个小孙子，但是我知道自己有他这么一个爷爷。时常看老房子墙上挂着的相框中他老人家生前留下的唯一一张黑白照片，相片中的他戴着一个火车头帽子，表情严肃。有时我会感叹，"噢，原来爷爷长这么个样子，眉毛真够长的"。

在我很小的时候，我常问父亲："爸，你什么时候把老房子拆了给我盖楼房？"

父亲每次都这样回答我："等老房子后面的柏树叶子什么时候变黄了，爸爸就给你盖楼房。"母亲听了这话，当时就在一旁偷着乐。我转过身问母亲："妈，刚我爸说完话，你笑啥呢？"

母亲看着我说："你去老房子后面看看柏树叶黄了没有，叶子黄了你爸就给你盖楼房。"我听了，急忙跑出去到后坡上看了，又飞奔回母亲身边，气喘吁吁地问："妈，老房子后面的柏树叶还是绿的啊，没有变黄，什么时候叶子才能变黄呢？"父亲抢过母亲的话："等你长大了，柏树叶就变黄了。"

现在我长大了，可老房子后面那些柏树叶依然是绿的，未曾变黄过，楼房现在依然没有盖起来，父亲和母亲住的还是爷爷留下的老房子。有一次回家，我跟父亲坐着闲聊。我说："爸，你当年没有盖楼房是对的。"父亲说："娃儿，要是当年我给你盖了楼房，房子就会一辈子把你死死拴在这个小村子里，你哪儿也去不了。如今你可以到外面的世界自由闯荡。房子是固定的，你挪不动，也带不走。你学到的本领是活的，你走到哪里，它也跟你走到哪里。"

父亲曾说过："男儿志在四方。"可父亲也说过："人老了，就像叶落了要归根一样。你在外面工作，将来老了还是要回来的，我把老房子给你留着。"

从我出生那天起，二十多年过去了，老房子变得更老了，记忆中的老房子留给我的印象更加深刻，因为这不单单是一座老房子，还承载着一部沉甸甸的家族生活史。不久的将来，我要通过自己的努力奋斗，给我的父亲和母亲建造一所属于自己儿时所梦想的楼房，而那个时候，老房子的历史将会被重新改写。

2016年8月12日

俺 娘

◎安书萍

小时候，写作文时，对这个题目轻车熟路，一气呵成。现在，写这个话题，下笔有些沉重，有点词不达意了。

娘今年六十二岁了，小时候姥姥家里条件不好，娘从十四岁起，就正式参加了农村挣工分的劳动。当年，娘第一批响应国家晚婚号召，到二十五岁时，才和订婚八年的爸爸结了婚。

记忆中，我童年最大的愿望就是：爹娘不用早出晚归去干活，一家人能整天团聚在一起。上小学的我，一想起这个愿望，就悄悄哭泣。一年四季，爹娘就像上足发条的机器，每天凌晨三四点起床外出，然后到天黑回来。好的时候，晚七八点才能回来，但是，吃完饭还要给拉回来的苹果分拣装袋子，记得大冬天苹果真冷啊，我的手老是冻得生疼，娘心疼不让我帮忙，但是她怎么知道，不让帮忙我心里更难过。

有时候，到深夜了，爹娘还不回来，我就开始忐忑不安，一遍遍看时间，顶不住心理压力就给娘供奉的神仙上一炷香，心里才能安稳。又一次，大夏天，半夜了，爹拉货还没回来，娘不放心，骑着自行车去找了，我又害怕又担心，热得又睡不着，干脆起来给睡在一旁的弟弟扇扇子。

他们做的工作分别是：外出千里到河南拉垃圾布条，夏天拉煤灰、拉麦秸，秋天收玉米棒子，冬天卖苹果。夏天太阳炙烤，冬天风霜，现在娘一身疾病，应该都是那时积累下的。辛苦，对于吃苦耐劳的娘来说，都可以忍受，那么多的忍气吞声、受人欺凌，才是娘心中的痛。要账时遭遇推脱，一次一次让人空手而归，还要忍受雁过拔毛，嘴脸难看。还有一次，他们在别的村里卖苹果，一个人故意给娘一张假币，一百元啊！爹就找了他八十多元，结果，晚上回到家，爹娘发现了这张假币，那种气愤和难受，该怎么形容？几天的辛苦付之东流……

对我们姐弟，娘从不吝啬，最好吃的，都是给我们的，好衣服，娘咬咬牙，也会买下来。记得弟弟考重点中学，1995年那年，娘竟然花了八百元给弟弟交择校费！那是爹娘多少个起早贪黑、风吹雨打……

娘这样辛苦，问她为什么，她说就是为让自己的孩子不为上学学费发愁，将来出人头地，不受人欺负。娘就是这样最传统的中国妇女，对自己舍不得花一分钱，对亲人却付出全部的爱。

2016年8月15日

暮歌人

◎ 江泽涵

我江氏一族续谱之日，二姑婆挑着担子也来道贺。她已八十九岁，是一个人转了三趟车赶来的。我对这个姑婆没什么印象。只知她十五岁时便作为童养媳嫁到大堰的徐马站，那会儿爷爷也才四岁。去年倒听说了她的一个喜讯，她自编自唱的十二首歌，被奉化电视台录走了其中几首。当时我只想，二姑婆大字不识一个，竟还有这样的能耐？

二姑婆见着我非常亲切，仰着头端详我的五官。我也在咫尺之内观察她，只觉得她很清爽、健硕。

二姑婆挑来了一篮饼，一篮经。她用锡箔拼折出来的龙、凤、鸡、天封塔和菩提树都十分精致，大家都说可以当艺术品了。难得的是，她又各配了一副对联。联语是她自己想出来的，小楷是请人代笔的。她牵着我的手说："泽泽，你帮我看看，这些话可不可以？"单句是顺的，但对仗不够工整，平仄也略欠协调，我心中想。我指着挂在菩提树上的一副："春风杨柳百草青，开花结子笑盈盈"，说这个"青"字用得好。她欢叫起来："我本来是要说百草绿的，后来想啊想，不对，'绿'到头不就'黄'了吗，不吉利，我就改成了'青'。"

我十分惊诧，二姑婆没读过儒学，但也晓得过犹不及之理，对事态的发展规律有深刻的认识，而且在这一细节上处理得也好。

我对二姑婆充满了好奇，就和她叙起来。我太公是晚清秀才，在杭州图书馆做管理员时博览群书，又在上海大使馆工作过。因为后来打仗才逃回奉化乡下的。可惜这样的人物也不免重男轻女，他不曾教女儿们读书和处世。当时家里为了六十斤大米，二姑婆便被送去做了童养媳，在婆家受气受累。她本名叫祥梨，但公爹名字里也有个"祥"字，便被迫改名为阿兰。二姑婆念起种种往事，心中至今也有些怨的。

又说起编歌的事。六首是因为"年老还能拿劳保存银行"，"老百姓日子好起来"，她想编几首歌来赞美，一空下来便琢磨。另外六首是唱她自己这一生的。那天她在门口干活，口中唱着自己编的歌，正好被来山区采风的电视台记者听见了，请她再唱两首，现场录制。后来电视台又来过一次电话讨要歌曲，直接就在电话里录音。二姑婆一想起来，整个人精神焕发："我这歌可以上电视，真欢喜死了。"

说到此处，我也希冀领略一下二姑婆的风采，便请她慢慢唱来，我一一记录下来。坦白说，歌词的确很平凡，但每一句都是她的经历和积累的再现，而且调子和美，熔融了吴地山歌、民谣的特色，还有越剧的唱腔。

二姑婆也用自己的歌描绘了她坎坷的一生。《苦情歌》诉说的就是她早年的遭遇："老人苦情说一遍，为了日本人造乱生活过不了。十五岁出门做养生（方言，指童养媳），到了夫家当你二十岁姑娘……住在别人家山中两间茅草屋。种租田分种田，苦进苦出苦头尽，同甘共苦过光阴。"十五岁时嫁人已不算童养媳，二姑婆是故意用这个词来宣泄心中的不平。再来看记录她现今生活的《老年歌》："不知今年到头来，不知再做几年凑。垂头垂脑打瞌睡，自说自话过光阴。一下中午一下夜，日头打斜烧饭煮，早吃晚饭早睡床，一夜睡到大天光，养息身体来健康。清早起床喝参汤，发展后嫩一百上。"还有，《回忆歌》说的是她中年时期的艰难岁月，《开心歌》说的是新世纪后的老年生活，《四季歌》更情景交融，展现了一幅唯美的四季风俗画。

我说要给她录一段视频的时候，一眼就看出了她眉目之间的激动之情。她整整衣襟，坐端正，摆起手势，唱起了《懵懂歌》："人人做人是懵懂……人劳一世无影踪……王法条条不留情……穷家之人也平等……忠良人家做子孙……"二姑婆对世事看得也非常透彻。在她的深情演唱中，我看见了一个被时代湮没了的才女。

人家说我会写文章，其实不过是能写几句语法错误较少的话而已，但是在二姑婆面前，已不值一提。

2016年8月16日
不再重来

◎刘　云

　　好男儿志在四方，可我是女人，女人追求的是安定感和归属感，然而事与愿违，二十年来，我在南郊的城中村经历了数次搬家，基本都是因为房东要加盖楼房或政府决定拆迁。每次搬家，我都默默祈祷：但愿这是结婚前的最后一次，甚至是这辈子的最后一次。

　　害怕搬家，不仅仅是要翻箱倒柜，把七零八碎的物品整理打包，约上两三个好友，协同搬家公司或抱或抬或搬到车上，一次次地上下楼，一件件卸货，再逐一打开，擦拭，摆放，洗洗涮涮，收拾停当至少也要三五天。麻烦和辛苦倒在其次，乍看起来，搬家只是换了一个住处，而且是距离之前住处不远的地方。事实上，搬家远没那么简单。"其实不想走，其实我想留"是每一位租客的心声，我曾傻傻地问过两任准备加盖楼层的房东，我可以忍受灰尘和噪声，能否不搬？我租住在长安南路上的一个村子将近十年，仅在这个村子就搬过四次。2012年，拆迁的消息传得沸沸扬扬，每天都可以看到左邻右舍和搬家车辆进进出出，我磨磨蹭蹭拖着不走，直到房东催我尽快找房。

　　搬家意味着要消灭一段生活，丧失一段生活，决裂一段生活，埋葬一段生活，"像一个吻刚结束，然后挥发在空气中，找不到任何证物"。明明有日记有照片有证人，为什么时隔不久当我经过而今变成废墟的城中村，注视着已经面目全非的栖息地，那些真真切切的经历和历历在目的回忆顷刻模糊起来，随着村子的土崩瓦解而灰飞烟灭，最后尸骨无存。我甚至怀疑这里是否承载过见证过我十年的青春岁月？如果我和这个地方素无交集，那么，那个时段我在哪里？是历史空白还是我适时启动了选择性失忆？不管多想淡忘或铭记，都得打起精神正视当务之急。于是，我像一只舔着伤口的丧家之犬，一个逃离故土的忧伤难民，别无选择地去往陌生之地。

一滴水可以折射出太阳的光芒，一件事可以映射内心的世界，新旧住处的交替中，我几乎没有因为迁居新址而高兴过，总是在怀旧，我不得不承认怀旧是我的特质，而且人生会有怀不完的旧。

我人生中的第一次类似的搬家发生在八岁。所谓类似的搬家，就是暂别固定居住地。我从出生起就住在一个三户人家共同居住的四合院，三户人家从我这代算起同为一个曾祖父。三个家庭人口最少的是四人，最多的是六人，我家五口人加上所有的物什挤在两间一共不到三十平方米的屋内，只能摆下一大一小两张床，加上弟弟的出生，想挤都挤不下。日落之前，我挎上书包独自从村中间走到村南头的奶奶家睡觉，奶奶房屋的南边是不见边际的庄稼，东边是几层麦场连着深沟，西边是大片庄稼连着深沟。刚过村里的水塔，也就是距离奶奶家大概一百五十米处，目光所及，首先是东西的麦场和庄稼，以及东西两边沟壑的坟堆，然后才是位于最南端的奶奶家。路上，有时窜出来一只野兔，有时跳出一个蛤蟆，有时爬出一条花蛇，有时扑棱腾起一只老鹰，刮风下雨的时候更是四处张望，加快步子，这是一段恐怖的路程，我必须在天黑以前到达。

尽管每天如此，我却没有习惯成自然。记不清这种生活过了多长时间，家里就在原下盖起了两层楼房。1990年，我们搬到了新家。巫婆猝死，魔法失灵，灰姑娘不用在午夜十二点前急匆匆和王子告别，我也不用一到傍晚就跟家人分开，但我仍旧闷闷不乐，而且更加闷闷不乐。

新居全是四组以外的村民，男女老少全是陌生面孔，虽然也和这里的小朋友玩耍，可怎么也比不上刘姓家族的四合院，抬脚随便走进一所房子，就像进了自家的屋子一样，自然而然地对话，想坐就坐想站就站，大人之间从未面红耳赤，小孩之间吵了打了转身就和好。你在我的碗里拨拉，我在你碗里拨拉再平常不过，男女老少亲如一家。搬到新宅的最初几年，我常在写完作业后，一口气爬到通往原上村庄的长坡尽头，然后向北走，与相识的村民打一路的招呼回到四合院，这一趟总是鼻子酸酸，眼泪汪汪。

不过，剧情终于逆转——最近一次搬家，我一反常态，喜气洋洋，因为我买了房子，从今往后再也不用颠沛流离。也许，生活还会重复，搬家还会发生，但是感受已经大不相同。

2016年8月17日

一川野草燃金蛇

◎庞永力

最近不知怎么了，总想起自己的一些过往，是那些尚能引以为豪的过往。

小时候，在胡同里，在长辈眼里，我还算是一个好孩子。这有赖父母的言传身教，对长辈要恭敬、不能撒谎、不能欠别人钱……也有刚性纠正的，有回我扔土坷垃砸了邻居家玻璃，人家来告状，我假装已睡着，但还是被娘扯起来揍了一顿。

那时娘脾气好大，一瞪眼就吓得我发毛，她对我的爱藏得很深，直到我成年后出去闯荡，搬到离她三百里的城市结婚安家，她才对我没原则地好，不单是我，对我妻女也像待客一样。娘是不识字的农村妇女，虽然刚强，但家长里短、飞短流长，胡同里、家里炕上，短不了与人絮叨——这影响了我，养成了愿意倾诉的习惯，加上严管带来的惊慌、自卑，使我在与小伙伴疯玩之余，也能躲在一个角落安静地瞎想，日后再有别的诱因，终于走上文字的道路。

娘是要强的，爹也是。他正赶上家族的衰落，也聪慧、勤奋，出路却不如上面的哥哥姐姐；他最终当上了村里的赤脚医生，地里的农活儿还不如娘干得好。很小我就能觉出爹在村里的不寻常与不甘，但他也不能拽着自己的头发跳离地面。他每日忙着看病，一干活儿就发躁，让我们怕，却不能将管教系统化、长效化，他没那个环境与心思。

我长大的过程中，还有两个姐姐。大姐性格和我一样温和，听话、胆小；二姐顽劣，好多年后她告诉我：读高中时娘的一次病危，使她开始沉稳起来。

可能就是这些影响吧，我一度有了些好名声。奶奶糊涂了好些年，她常把保存得硬邦邦的零食给我，糖块桃酥槽子糕之类，我都拒绝，把自己想象成八路军不拿群众一针一线。上初中后学习开始不好，偏作文，偷偷摸摸往外投稿，有些神秘感。那时的孩子满心"男女授受不亲"，男女生说句话都脸红、心跳。一次语文老师查男生给他起外号，让女生们写纸条密奏，本身也是大男孩的老师偷偷告诉我：我非但没被检举，还有几位不约而同地认为我不可能捣蛋违纪——确实不是我干的，但那可是不敢拿正眼儿瞧却已开始心痒的女生啊，令我好一阵儿蒸腾，觉得自己生出了应该珍惜的华丽羽毛；到后来创办校文学社，已有些学生领袖的自我感觉了。

磕磕绊绊地上了高中，由于经常翻读《演讲与口才》之类，我已变得很能说：一次争论，与粗壮的班长各执一词，打起赌来，就地划分阵营——全班人哗啦一声到了我这边，他孤单单一个人儿，人心啊面子啊，全有了。

上初中后，我的作文开始跨过课堂命题的范畴，开始没日没夜地痴迷，做着成名成家的文学梦。诗歌使我敏感、脆弱，同时又洁白、纯真，挥着这样的羽翼，我飞到外面的风雨里去，也曾招来仨俩同龄异性的钦佩，却很快领教到生活牢笼的坚硬。在外闯荡的日子，靠的是半腔才气，也曾下笔万言倚马而就。后来薅住一缕机会，终入大学校园，获得了俗世衡量下"必需的"城市户口、大学文凭。毕业时早熟的经历帮了我，有机会到报社做了记者，诗文之笔逐渐转换成管窥人生百态之笔，值守一座城市十几年，为民生略尽绵薄。

好像在给自己写总结，把光彩的挑拣出来呈于世人——我这是怎么了，不至于如此肤浅吧？

就好像微信群里有朋友愿意阶段性汇报成果，那天我也晒出几张稿费单，随后却拷问自己：日常的花销是它们的多少倍，心血付出是它们的多少倍？"挣着卖白菜的钱，操着卖白粉儿的心"。我觉得不是吃完大餐悠然剔牙的矫情，而是苦战力竭、前梦依稀的内心沉痛。

我好像明白晾晒自己过往的原因了。农村小子、都市爬虫，哪里能够标榜、炫耀？人生过半，即便有萤火虫般的光亮儿，也早湮没在世俗的灰霾中了。在喘息艰难、四顾怆然之际，想起自己曾经的锋锐、执着，自我提振一下而已。锋锐显然不再了，古语云："皎皎者易污"，从故乡出离，从校园入世，磕磕碰碰，沾沾染染，这时再谈诗书意气，是何等的虚假、不靠谱！冷静下来,眼界也宽阔了,关键是悲喜遍历之后,已变得很难坚持什么了。

少年时吃些苦,却有大梦在,不吝惜岁月和心血,相信一切会越来越好。活到现在才明白,苦难也是成比例增长的,不是积攒了钱财、职位,就有了豁免的权利。不但梦想破灭了,肉身也沉重了,天上还是日月轮替,逐日者却气力不济了。

生活还要继续,热血激荡之后,沉思顿悟也是人生财富。少时那些奋发,恰恰对应着内心里处处霉斑,自己消沉了、抑郁了,就勿怪别人再踏上一只脚。遥祭青春后,不应自怜白发,自己操刀剖开肚腹:肥脂多余,神经脆薄,脏器幽缓,血液灰白;拨动青葱的原始,寻找真实的疼痛,一川野草仍在,重又燃起金蛇狂舞的火苗。

2016年8月19日
访吴宓

◎冉学鸿

我平时读书浅,有时候读了,也甚记不住。那一次,泾阳张瑜兄来了,在酒桌上提及吴宓,方才记起吴宓是泾阳人,我只读过吴宓的一些零散资料,知道的实在不算多,但尽管如此,这个名字的重量也足以牵人想象,更何况,相对学识的厚度,我更喜欢吴宓的性情,一派天真的文人情怀,似从魏晋走来。一代学人,在境遇的动荡和人性颠覆之中,犹能活得真真实实,实是不易。心里因此便总想过去看看。

五一放假,同国益一家出行,途经泾阳,突然就记起这一桩事来,于是鼓动国益与我同行。女人与孩子们起初并不乐意,但奈何不了我们的热情。不妙的是,方才走了几步,原本一直零星的雨不知怎么突然就下大了,一时间昏天黑地的,看不清来去的路了,我们走走停停,等问到地方的时候,裤腿早被雨水打湿,腿脚冰凉,心顿时晦暗了下来。

终于是寻到了吴氏陵园的门前,但门上挂着锁,我们往复了几次,想要找人开门,都未如愿。文管所的女娃忙着打电话,一句不对外就把我们打发了。邻里一位老者心善,他说早些门还开着,要不你们再等等。我由此知道这门原本可以开,大悔之前不讲祖国的办事程序,没能和张瑜兄联系。现在只能伸长脖子从铁门往里探了,四面环绕的都是高墙,摄像头一个接一个,我很纳闷,问国益这是怕人偷墓么,国益说,你仔细看看那石雕,方才注意到吴氏陵园里玲珑的石雕与精美的牌楼,层层叠叠,立于一片苍翠的松林之中,几只石羊或是麒麟散落在几座坟茔四周,静穆但不失情致,大概摄像头就是为此而设。我以为吴宓墓地便藏在松林深处牌坊之后了，从老者口中知道他墓在陵园的东侧，不大。侧身放眼，终于看到一截山墙，吴宓就在那山墙之外。

坐在车里，心里突然漫无着落。我已然如愿走到了吴宓长眠的吴氏陵园了，如此分明的近，但此刻在心里又觉得如此分明的远了。我笑自己对吴宓的了解其实也仅止于生平与一些未加考证的轶事，心里却突兀生出这一股不知从何而来的热情。更可笑的是我刚才还在愤愤然于在泾阳的一路问询，那么多的人，竟都对这个名字显得那么陌生与茫然。其实在今天，了解得多与少又有多少差别呢。人都努力着自己的生活，有各自所牵挂的东西，能安然活好当下已是不易。我所谓的追慕，或是因为文化的吸引而来，或是出于精神的一种攀附，较之路人又能强多少呢。人再大，也抗不过这天命，一个人穷其力量，又能改变什么？还不如江河中一叶。吴宓一生学贯中西，文博古今，到了最后，还不是老境颓唐，寥落至死，如同今日往来耕作走过他坟茔的村中老叟。想起在县城文庙游览时候，说到吴宓，一位文庙的女工作人员，眼神玲珑，言谈自信，连连给我说"知道，知道，没问题，研究红学的"，也算是给吴宓了一些面子。能在终老之后安安静静地得以栖身家乡的厚土之中，就算是一种圆满了。

走的时候，大雨停了，五月间花红柳绿，眼前草木被雨水冲濯，分外精神，好似从未曾被尘砂与冷暖侵扰过一样。四野清明，孩子们顿时高兴起来，我们也没有理由不高兴了。

回来走上107省道，那里竖着大大的牌子，书写的是安吴青训班旧址，我从这里走过多次，并不知道沿着牌子直行便是吴宓所栖身的吴氏陵园，安吴堡这个地方更有名的是号称慈禧干女儿的安吴寡妇，我听说过，很多人都听说过。相比吴宓，人们显然对一个寡妇的故事兴趣更大一些。

我大概并不该来。

2016年8月22日

母亲的布鞋

◎刘万里

母亲在当姑娘时就会做布鞋,那时人们常以会不会做布鞋,做得好不好来衡量一个姑娘的手脚是否灵巧,为人是否聪明。父亲听媒人说母亲布鞋做得好,就满口答应了这门婚事。我们家原是一个大家庭,分家后婆婆和小姑跟着我们,再加上我的两个妹妹,一家七口人,所穿布鞋全由母亲一人"承包"。平时得有两双备着,白天一双,晚上洗脚换上一双。寒冬时节,母亲还得给我们做一双棉鞋,过年时还得一双新布鞋。布鞋不小心踩上水容易受潮,一到晴天,婆婆就把全家人的布鞋放在太阳下晾晒,布鞋摆满了院坝,让人羡慕不已。

表面看来,做布鞋是一项不怎么复杂的手工活儿,但里面的功夫与学问,其实精妙、深奥得很。每双鞋的制作都要经过剪裁底样、填制千层底、纳底切底边、剪裁鞋帮、绱鞋、楦鞋、抹边、检验等工序,所以耗工费时,花费母亲不少心血。

记得小时候,母亲白天要在地里劳动,只有晚上或雨天休息,才抽得出时间纳鞋。母亲有个"百宝箱",里面装着针线、剪刀、布料、黄蜡什么的,母亲还有一个超大本子,平常不让我们碰,这可是母亲的宝贝,里面夹满了各种大人小孩的鞋样,鞋样花花绿绿,整理得很整齐,这些都是用废旧画报剪的。鞋样是做鞋的基础与关键,犹如工程中的设计图纸。母亲剪鞋样时,左手拿一张厚纸,右手握剪,看一眼我们的脚,剪刀咔嚓移动,几个转弯,一副鞋样就成了。而我与妹妹的脚每年在不断变厚变宽变长,过一段时间,母亲就得重剪。有了鞋样，母亲就先往棕树的网状纤维上抹糨糊，做成又平又硬的棕壳子，然后照着鞋样裁剪出来，再然后一层布一层布抹糨糊，再将糊好的鞋底晾干。

不说其他繁复的工艺，仅鞋底而言，就颇见功力。母亲做的一般是千层底。所谓"千层底"，顾名思义，鞋底较厚，一层又一层好似有千层。千层底层多，为了结实不脱落，得在底子上用麻绳反复纳线。这样一来，可在鞋底上纳出各种各样的图案。母亲纳出的千层底既有抽象的几何图案，也有波浪纹。一双鞋底，看上去就像一幅画。母亲做鞋，工夫多花在鞋底。常忆起儿时的冬夜，母亲在油灯下纳鞋底。她稍一比画，将针在头上篦几下，针尖擦上头油，是为了能更好地透过厚厚的鞋底，然后便将针尖对准鞋底某个部位，扎进，用戴在右手食指或中指的顶针箍抵着，将针慢慢往里推进，然后捏紧穿过鞋底的针尖往外拉。实在拉不动时，再用钳子夹住那露出的针尖将它拔出来，随后用手拉着针眼后的白线不停地抽，抽一截刺啦一声响。我在这断断续续的响声中渐渐睡去。

鞋底做好后，母亲逢集就去街上采购布料，像平绒、毛呢、涤纶布、仿布、帆布、松紧带等材料。回家后就立即赶制鞋面，然后一针一线地把鞋面缝在鞋底上，母亲每次缝完最后一针，剪掉线头时，脸上露出的喜悦我无法用文字来形容。

母亲做的鞋结实好看，穿着舒适合脚，轻便防滑，冬季保暖，夏季透气吸汗，更主要的是耐穿。女人之间会互相攀比，会盯着脚下暗暗较劲。每当我穿着一双新鞋出门，常会引得女人们发自内心的赞叹和羡慕。有时，我会应她们的要求脱下布鞋，供其欣赏。这时的我，便感到无比自豪。

母亲出色的手艺，除了引人啧啧称赞，还会招来不少"粉丝"。那时村里姑娘出嫁，陪嫁必不可少的就是布鞋，村里会有不少姑娘、嫂子前来串门"取经"，她们三五成群地坐在树下或堂屋里，一边聊天、一边纳鞋底，更多的是让母亲帮忙给他们做新鞋，母亲总是来者不拒，有求必应。那时新娘出嫁，布鞋是万万不能缺少的，往往是十几双乃至几十双。布鞋做得越多越漂亮，越说明新媳妇能干、勤快、贤惠。这么多布鞋送给谁呢？首先是公、婆，其次是堂伯、堂叔，再次是舅父、舅母、姑父、姑母。大凡长辈，每位一双。自然新郎更不可少。新郎的鞋做得特别讲究,鞋底一般全用白布。以示高尚纯洁的爱情。有的鞋面上绣着精美的花鸟,意味着前程似锦,美满幸福。有时对方要得急,母亲常常围在火炉前飞针走线,一熬就是大半夜。第二天又得早早起床,忙地里坡上的农活。

后来,我上学离开故乡,布鞋穿得就少了。布鞋虽然穿着舒服,但在城市里就显得有点土,有点格格不入。在城市谋生的人们,脚下不是皮鞋,就是球鞋,在城里几乎看不到穿布鞋的人,布鞋仿佛离我们的生活越来越远了,但母亲仍像以前那样,闲暇时光做做布鞋打发寂寞的时光。

春节回家,晚上洗脚,母亲又拿出一双新布鞋,我舍不得穿,就把它带到了西安,我要好好珍藏着这双凝聚着母亲智慧与心血的属于真正意义上的布鞋,那布鞋上面凝结着勤劳善良和温暖的母爱,我要好好地收藏,当传家宝传下去。

2016年8月22日

家的滋味

◎梁新会

案板上堆放着白花花的肉。老公正拿着菜刀和肉块搏斗，翻来覆去却不知如何下手才能将这个庞然大物化整为零。我忙着打电话联系朋友，儿子阳阳负责把分装好的肉送给叔叔阿姨。

年初，父亲打算用纯粮喂养一口猪，到年底杀猪吃肉，热热闹闹过个年。亲友们闻讯，纷纷表示：今年过年不收礼，收礼只收土猪肉。父亲没有食言，腊月二十六，他冒着严寒给亲友们送去了地地道道的土猪肉。

大块大块的肉堆放在案板上，让厨房充满了富足温馨的气氛。我找出家里最大号的锅，准备煮肉。一番手忙脚乱之后，肉总算煮进了锅里。

肉在锅里突突地煮着，我撇出汤上的浮沫。阳阳问："土猪肉咋没味道？"我想想也是，肉煮了一阵子了，怎么就没有母亲煮肉时满院飘香的味道呢？

父亲提醒我，放大料了没？我恍然大悟，急忙找来一块纱布，把调料每样抓一些，包起来放进锅中。

不一会儿，肉香味飘散出来，阳阳皱着鼻子贪婪地闻香气，赶也赶不走。父亲说："你小时候，你妈过年煮肉时，你也赖在厨房里不走。"阳阳听了，朝着我很得意地坏笑。

父亲看了看表，叮嘱我改用小火再煮两个小时，用筷子一插能插透肉块时就煮好了。于他，我这个笨手笨脚的女儿永远要他操心。我想这一定是昨夜母亲给他暗度金针，他现学现用，我不想点破他，照做就好。

我和父亲拉家常，听他讲养猪杀猪的苦与乐。父亲突然说到他有一天去县城办事，被我的几位老师和同学认出，极其热情地接待了他。看着父亲开心的样子，我想起了一句外国谚语：当孩子小时，父亲拉着孩子的手，两心欢喜；当父亲老去，孩子拉着父亲的手，感慨满怀。父亲上了年纪，孩子都不在他身边，像这样跑跑腿的事儿，他也要亲力亲为。父亲却想得开，他把出门办事当成散心游逛，走亲访友；把干干农活看作强身健体，捂捂心慌。父亲如此宽厚，令我稍感安慰。

肉突突地煮着，满室生香。我和父亲开玩笑说："当年我上中学住校，每天啃干馍馍喝白开水，三天才能回趟家吃顿热饭。你一休假，就骑自行车来学校给我送午饭，我那些同学一个个像饿狼城里放出来的野人，一人一筷子，三两下就把一盆子干面夹光了，他们当然忘不了你。"

阳阳听了认为不可思议。父亲便对阳阳讲："过去的小孩真的就那样辛苦。你妈像你这么大时，已经能帮外婆干活了，常常抱着舅舅自己躲在阴凉处，把舅舅晒在太阳底下，晒睡着了，就玩去了，玩到肚子饿了才回家。"阳阳听后笑得东倒西歪。

父亲的话勾起了我的回忆。我上小学二年级那年的春天，极其疼爱我的奶奶去世了，爷爷变得痴痴呆呆，紧接着夏天弟弟出生，家里的生活一下子乱了套。母亲一个人忙里忙外，父亲休息时回家才能给母亲搭把手，弟弟成了招人喜爱的宝贝疙瘩，根本没人顾得上照管我。有一天中午，我踩在凳子上学着洗碗，一不小心，打碎了高高一摞子碗，吓得撒腿就跑，下午放了学也不敢回家。更糟的是到了秋天，我玩耍时不小心割伤了脚，无法行走，好久都待在家里不能上学。父亲每次从单位回来，不仅为我买很多课外书让我解闷，而且还背着我去学校请老师补课。现在回想当年，我依然有些伤感。如今，我和老公带阳阳一个孩子有时候都不堪忍受，几乎崩溃。将心比心，父母照顾老老少少的一大家子，不知道吃了多少苦受了多少罪才熬过来了。

父亲给阳阳讲故事的声音，把我拉回了现实。那是个老掉牙的笑话：从前，有一户穷人，从来没有吃过肉。有一年过年好不容易称了半斤肉，一家人欢天喜地开始煮肉，却不知道肉怎样才算熟了，一家人围坐在锅边眼睁睁地看着一锅肉煮化了，落锅了，不见了。阳阳一听很着急，忙催我去看肉还在不在锅里。

肉突突地煮着，我揭开锅盖，浓郁的香气源源不断地往外冒。我深深吸一口这美妙的肉香，通体舒坦。

这，就是家的滋味。

2016年8月26日

与美好的意外邂逅

◎杨智聪

列车到站了,我随着人流找到列车长,他交给我开具的车票丢失证明,我道谢完毕后,回头望了一眼,拖着行李走出出站口。

我,十八岁,一米六二,四十五公斤,1998年1月18日出生,摩羯座。

我该怎么介绍我自己呢?我怕疼、怕虫,爱哭、爱笑、爱追剧,吃饭吃得特多但却不长胖,而且没有力气。我真诚善良、乐于助人、生性活泼。另外,我特蠢。

虽然我考上了"211"大学,但是这只能证明我智商在学习上没什么大问题,不过其他方面,这可真不好说。

比如我在和别人一起坐过火车后,依然不知道我需要爬好多层楼梯才能到郑州的火车站口。比如我看不懂公交车的站牌,不知道到底是从始站开往末站,还是从末站开往始站。再比如我不会坐地铁也不会坐轻轨,一进地铁口就再也搞不懂方向。最最重要的是,我不会用网络地图。那些能在大城市里来回穿梭的人,一定没有办法明白,我是如何在火车和地铁的世界里度日如年的。

你可能会说:"没事啊,这些东西并不常用。"然而我家在河南,不在郑州,不在市里,在县城。我的大学在四川雅安,没有直达车,所以我不得不面临着到处转车的情况。你也许会说:"没事,河南那么多人,总有跟你一块的,你跟着就好了。"我承认确实有,我班里就有,男孩儿,可是这次因为有事没办法和我一起走。平顶山的女孩儿又非要去成都玩,没有办法,谁让我不敢一个人坐车呢。于是和她一起在成都玩了两天之后,我踏上了回家之旅。

上天并没有保佑我一切都好。

火车四点二十六分发车,然而不靠谱的同学四点十六分才进站,如果我轻车简从,一切都还好,但是事实与现实总有一段距离。当我提着超级重的箱子下楼时,我感到了一丝绝望,同学们很快地检了票,而我只能一步一个台阶尽自己最快的速度下了楼,风一般奔向列车员,最后总算赶上了车。

这个看起来似乎很完美的结局,其实根本不够美好。

我是最后一个上车的乘客,因为箱子重,在列车员和同学的帮助下才提上车。当我拉着行李箱从八号车厢走到六号车厢,放下书包和帽子,把箱子放到下铺床底下后,我下意识地摸了一下口袋。我的手并没有碰到我硬硬的长方形的身份证。我顿时心一紧,双手迅速开始上下摸索,我慌慌张张地把书包翻了个遍,最后没有找到车票和身份证。我默默地坐了下来:"我的票和身份证找不到了。"和我一起的同学说:"啊,我们刚上车时不是还有吗?怎么会找不到呢,会不会在你书包里?""找过了,没有。"

车厢里一个正看书的男孩抬起头,看着我。下铺的叔叔阿姨也看着我:"小姑娘,你是从八号车厢来的,你再找找,说不定掉在路上了。"我起身低着头从六号车厢走到了上车的地方,我看到八号车厢的列车员正在换票。"你好,请问您刚才帮我提行李的时候,有没有把车票和身份证还给我呢?""我给你了。""哦,好,谢谢。"我失落地走回八号车厢,却依然没有找到。同学在一旁安慰我:"没事的,你是在车上掉的,肯定可以找到。"

列车呼啸着,窗外是不断变换的风景。

我再抬起头的时候,看到了列车长。"在车上丢票,能找到的可能性是百分之九十九,别慌,再找找。小姑娘,你找下你书包。你是她同学吧?你去车厢的过道帮她找找。"

但事实真的很不巧,我能在百分之九十九的可能性里遇见百分之一,的确不可思议。

说实话,我是在丢了票和身份证之后才开始绞尽脑汁的,尽管我之后大脑一度空白,我一遍又一遍地想着上车的每一个细节,却始终没有结果。列车长让广播播了寻物启事,我的名字似乎突然间传遍了整趟列车。我的车厢、硬卧号、出发地和目的地也在短短的时间内被列车长和好多个列车员以及旁边的乘客记住。

　　我想我在最深的绝望里,遇见了最美的风景。

　　列车长告诉了我补票的流程。在我说没有足够钱的时候,那个低头看书的男孩儿抬起头说:"我有,我借给你。"在我安放行李的时候,叔叔帮我拿进拿出。最后,在很多人的帮助下,我补好了车票。列车员提醒我下车找列车长帮我出证明,方便我退票。在二十六小时十九分的旅途中,我感到很温暖,这辆火车,载满了浓浓的爱和真诚。

　　我想多年以后我还会记得这个场景,从最后一个上车说着"不好意思,让一下"开始,到最后的挥手告别结束。我的名字默默地被别人记住,很多人认识我。陌生人给予我无私的帮助,那个看书的男孩儿,抬起头,看着我。

　　我也许不会再见到这些人,但我会记得他们的笑容。

2016年8月29日

最后一座麦草垛

◎赵　洁

　　我确信，它应该就是村庄里最后一座麦草垛了。

　　这样想着的时候，我已经在村庄周围的田地里转了好几个来回。在这个村落周围，我没有看到记忆中那些大片大片的麦田，在初夏煦暖的风里起伏摇荡，更没有麦香弥漫四野，令人沉醉。依时令，正是收割完油菜，麦子已经开镰的时节，遗憾的是，在整个村子和那些田间小路上，我没有看到提着镰刀疾走的村人，也没有遇到一辆满载着麦草的架子车。

　　我是在村子南面不远处的一片空地上，冷不丁撞见它的。那时候，站在麦草垛下面的男人正背对着我，用一根长长的铁叉挑着蓬松的一大坨麦草往上面递。高高的草垛上面，一个戴草帽的壮汉弯腰低头，伸出手里的铁叉，正迎面接过那大坨递上来的麦草。不大会功夫，一座麦草垛便矗立在我眼前，黄灿灿的，高大，圆实，煞是好看，脚下这一大片空旷荒芜的场院，似乎也因了它的存在，平添了几份生气。

　　其实，我眼前这片荒草杂生，枯枝横陈的土地，曾经是村庄里最热闹的所在。那时候，它是被唤做场面的，一年到头平整豁亮，那些大大小小的麦草垛，就像一个个大馒头静静地卧在它的周围，守望着不远处的村庄。冬天里，几场雪落过，麦草垛顶着厚厚的白雪，在肆虐的寒风里，竟也幻化成孩童们眼里一幢幢童话般的城堡，他们在这里追逐打闹，堆雪人，打雪仗，在雪地里留下一串串脚印，长长的，深浅不一。繁星满天的夏夜，耐不住溽热和蚊虫叮咬，人们纷纷走出家门，来到村子南面这一大片场面纳凉。最欢实的莫过于孩子们，正是调皮闹腾的年纪，小些的孩童前后追着跑，一圈又一圈，喊叫着，摔倒了爬起来继续，大人们也不用担心会伤着，因为场面是平整的，除了大小的麦草垛，没有什么杂物。

在麦草还没有在场面堆起来以前，它们是在村子周围的田地里威武地站立着，麦穗在一天比一天热起来的风里快速地丰盈，饱满着。每天都会有人来地头看它们几回，掐下几穗，揉搓掉麦衣，塞嘴里咀嚼着。慢慢地，村子周围的场面开始有人影在晃动，除草洒水，从灶膛掏来灰撒下去，拉着碌碡开始光场，一圈又一圈，直到平整光洁，恍若一面大镜子。麦子到达场面，一层层摊晒开来，拖拉机突突地叫着，拉动碌碡快速转圈，反复碾压，男女老幼齐上阵，各种农具轮番上手，三两个时辰后，黄澄澄的麦粒铺了一地，麦草散落在四围，只等人们腾出手后好摞成垛子。在村庄里，摞麦草垛绝对是个技术活，可以说是男人们脸面的象征，也是务弄庄稼水平高低的充分体现。麦草垛高高大大，饱满圆实，男人脸上就有光，说话底气都足。那些个头矮小、散乱堆放的麦草垛，就像它们站不到人面前去的主人一般，寡言黯然，悄无声息地隐在某个角落里。当然，摞麦草垛也不光是男人的专利，也有能干的女人手执铁叉，站在高高的草垛上，男人只在下面做帮手，竟也常常引来路人围观慨叹，此后在很长一段时间里，那女人的能干会在村庄里被人们口舌相传，赞誉不断。

新落成的麦草垛黄灿灿的，远看像一个个大馒头，撕扯起来也容易。白天，太阳地里晒麦子的孩子随手就能撕下一大捧，当垫子坐上去，绵软舒适，玩扑克，抓石子，也会在上面翻跟头、睡觉。到晚上，去场面看麦子的大人将苇席铺在麦草上，便有草木的清香从身子底下幽幽泛起，直浸入梦乡深处。经了几阵风，再落过几场雨之后，麦草垛的颜色慢慢变深了，远远望去，灰扑扑的，只有那个经常被撕扯的豁口处泛着黄色，看上去很醒目。在这一大片场面上，许多时候，麦草垛们都是静默的，但在差不多相同的几个时段，它们都会毫不例外的喧闹一小阵，人们提篮挎笼，来了又去，青烟顺着村庄里高低不一的烟囱冒出来，麦草垛的身形就一天比一天的消瘦下去。麦草垛喂养了村庄，最后却化成云烟，了无痕迹，它曾经站立的地方，一茬茬的孩子们正在悄然生长，快速奔跑，他们的歌声欢快响亮，唱彻云霄。

没有了麦子的土地，实在是陌生的。比如现在，站在这片荒芜的大地上，我的心里就满是惶恐与不安，想起村子里一位老人的话，年轻人都跑进城里去了，地里都不种麦了，镰刀镢头都快生锈了，世事变成这个样子真害怕，以后的娃们估计连麦子长啥样都不知道咧。我知道老人的担心不无道理，这片土地上的变化实在太多了，有许多事物正在一天天地消逝，永远从我们的生活中剥离出去，无从寻觅。我们痛心，却又无可奈何，这是土地的悲哀，又何尝不是我们自己的悲哀呢？

　　麦草垛寂然，以最后一个守望者的姿态，巍然挺立在这块风云变幻的大地上。或许若干年后，它也仅依稀浮荡于某个从村庄走出的游子的梦境里，影影绰绰，恍惚迷离，那么近，又那么远。

2016年8月30日

佛坪老城

◎ 紫 慕

一座古典的水墨淡彩的城。

在一个细雨霏霏的八月的傍晚，漫步其间，恍若走进了烟雨的江南。若是午夜里再有一抹白月光照着，老城就是一幅挂在秦岭苍莽之中的古意翩翩的水墨画卷。抑或一个微雨的清晨，老街的青石板上雨花叮叮咚咚地绽放，那一些青春河边的往事便在烟雨蒙蒙中氤氲蔓延。隔着时光的流水，一串串童年清脆的呼喊便在故乡的小河上森森而起，使人生出满怀的乡愁。

此时，一枝醉鱼草正在河畔迎风歌唱，满山的茱萸花淡淡芬芳……

这是佛坪老城，一座静默于大秦岭群山苍莽深处的老城。

"从地图上鸟瞰，老县城犹如一叶扁舟，停靠在秦岭莽莽的群山之中……"作家叶广芩在她的纪实散文集《老县城》中对佛坪老县城曾有过如是的描述。其实作家书中讲述的"老县城"是指20世纪60年代后划归周至县的老佛坪县城秦岭北坡的部分。《老县城》从秦岭生态与历史人文的角度出发，对周至腹地的佛坪"老县城"做了诗意的抒写与理性的深思。而本文中的"老城"却是当地政府近年在现佛坪县城的明清旧居基础上改造的一座仿古"老城"，当地人亲切地称它"老街"。

"到老街转转去么，到了佛坪不去老街，可就品不出佛坪的味儿喽……"佛坪人总会用一口地道的方言对那些远道而来的客人这样热切地说。

晨曦如醉，马头墙凌空欲飞，白壁青瓦，画栋雕梁，青石老街连同街铺一起荫在几抹淡灰里，一派徽派建筑风貌。徽派建筑艺术始于明清时的安徽南部，几经岁月淘洗，之后随着日益崛起的徽商步履四方流走。不难想象，那是某个初春的早晨，一行自江南跋山涉水而来的徽州商人，途经秦岭深处这座秦楚古道上的著名驿站时惊喜不已，赞声啧啧。山水人家暖人心扉，安居是他们在那个惊喜时刻最急切的愿望。于是，几座徽派建筑风貌的庭院小楼便在几场风雨过后的早晨静默而生，阳光正好，山岚微风。这大约就是这个日后被称为佛坪的古老小城最初的徽派建筑诞生的图景。

登楼而上，凭窗远眺，山外青山，碧水长流，楼在画中央。

安详是这座老城最家常的神情。晨曦初露，微风徐徐，老街上人影淡淡，步履轻轻，走走停停，恍若流水上藏着心事的浮萍。这样的时光里自然不必去思量山那边城市中的喧嚣和那些被名利羁绊的琐琐碎碎，倒是不经意间会有一些久违了的情愫在心田里悄悄滋生发芽，比如初恋，比如乡愁。

这样的时光，顶好牵着爱人久别重逢的手来一场散漫的行走。只需指尖羞涩地触着，情话自不必说，一个回眸就好。山风是清凉的，来自大山的深处，拂过城外椒溪河清粼粼的波光，将满山遍野的茱萸花香吹拂在脸上。

走进临街的一间早点铺子，店主人暖暖地向你们颔首微笑，也不言语，一切尽在不言中。你们头抵着头，一口一口地细品着一碗名曰"菜豆腐"的佛坪美食，一碟小菜，两只农家馍配着。你们轻声咀嚼，静静对望，有一搭没一搭地闲话。于是，你便说起了家乡的小河，河边的水磨，山路上咯吱咯吱的牛车，说起了老屋前的那棵百岁的洋槐，说起了年年岁岁树下眺望的白发亲娘。

此时此景，你们一边说着，那些丢失太久的诗情古意就潮水般在心底涌动而起，仿佛有一个声音自遥远洪荒的世纪，穿越时光之河，自群山的深处奔涌而来，由不得你在心中吟唱——

佛坪老城——

佛坪老城——

2016年8月31日

万般风情一碗面

◎李红霞

吃面，当吃最家常、最正宗、最有烟火味的手擀面。

细腻纯白的面粉，浇入盐水，用筷搅拌成面絮；动手用适宜的力道，和、压成稍硬的面饼；覆布，搁置，醒面。片刻，将醒好的面饼，用面杖擀压成厚面皮；均匀撒铺细磨的玉米面，卷在面杖上，反复擀压成薄薄的面皮。展开，撒面，折叠成面垄，用刀细切成条；拾起，和着玉米面，抻攥成细长的面条，盘置于案板上。动作迅捷流畅，颇有技术含量和家庭气息。

当然，这柔滑的手擀面，只是基本原料，最重要、最见功夫、最有味道的就是"卤"。陕西关中称"臊子"，粗犷而响亮；但我更喜欢发于江南的称呼——"浇头"，动感而朴素。清代李斗在《扬州画舫录·虹桥录下》中言："面有浇头。以长鱼、鸡、猪为三鲜。"而家常浇头，自是简便了些。

最简单的吃法，当是白水煮面。农事正紧的庄稼人，来不及讲究；大火烧开水，散面一煮，待锅泛乳白水花，放入猪油、盐、葱花一搅；仅此而已，便可出锅装碗。一人一碗，蹲坐而食，吃饱下地，继续劳作。曾遇一文人，对这白水煮面情有独钟。写作之隙，来上一碗，原汁原味、面香四溢，甚是享受。

若时间宽裕，精心做点浇头，大有文章，也颇具乐趣。

最经典的当属炸酱面。上乘的猪瘦肉细切成丁备用；油至火热，撒入切碎的姜末、葱花、蒜蓉，煸出香味；先后放入肉丁、青椒碎片或蒜薹小段，炒至半熟；加入上好的黄酱或甜面酱，加少许水，盖上锅盖咕嘟十分钟。炸好的酱，酱香、肉香、菜香，相融渗透，味道十足。炸酱必需，菜码也不可少。黄瓜丝、香椿芽、韭菜段、萝卜缨、煮黄豆、炸辣椒、焯豆芽……不一而足；应时令、适喜好，酌情而定，盛于碟中。

冷天吃热面，煮好的面条，用筷挑入碗中，谓之"锅儿挑"；热天吃凉面，面条过水，笸滤尽汤，谓之"过水面"。拌入炸酱，白面条瞬间呈酱褐色，香气扑鼻。佐以菜码，翠绿的黄瓜、嫩紫的香椿、墨绿的韭菜、殷红的辣椒、乳黄的黄豆、透白的豆芽，搭配独具匠心、色泽明快艳丽，堪称一件艺术品。

挑起一筷，凑到鼻前，闭眼一闻，作陶醉状，默想"就是这个味儿"；快速入口，稀溜溜吮吸，弄出声响；大快朵颐，唇染酱色，满嘴流香，转眼便是一碗。家庭小宴、亲朋聚食，一桌香气飘摇的炸酱面，几句融着酱香的调侃打趣，自会将气氛调浓到极致。

西红柿切块，炒熟加水；柴鸡蛋打匀，散放入沸汤中，搅拌成絮；便做成了红黄相间、清新素淡的西红柿鸡蛋浇头。鸡块慢炖至酥软；香菇切丁炒熟，加入鸡汤、鸡块，中火煨至汁浓，便做成了滋味独特、营养丰富的香菇鸡块烧头。瘦肉切细丝、豇豆切碎段，加豆瓣酱、葱姜蒜末炒熟加汤煮炖，便做成了翠绿鲜香、朴素家常的豇豆肉丝烧头。

还有，青椒肉丝、茄子肉丁、蒜薹鸡蛋等多种浇头，因地因时因人而异，各具风味。若吃原汤面，出锅前点缀些香菜、韭菜、菠菜、油菜之类时令鲜蔬，或泼入油炸花椒、辣椒、香椿，那味道更是喷香无比。

简简单单一碗面，饱含人间真情、尘世温情、生活雅情。用心精作，真能做得别致独到，做出万般风情。

2016年9月2日
夏日清凉风
◎羊　白

夏日的城市如同一个蒸笼。而我就是一个包子，从一个笼屉进入另一个笼屉，只是为谋到一份工作。

我在一家饭店打工。老板一再强调，每天早六点，必须准时上班。我只好在餐馆附近租房子。

出租屋很小，就一张床、一张桌子，除此而外是一地的垃圾。显然，旧租户刚搬走，房东还没来得及打扫。房东是个胖胖的大叔，他眨巴着眼睛告诉我，这一带的居民杂，治安不好，常发生一些乱七八糟的事情。他的语气和眼神极其夸张，似乎是为了表示对我的关心，又似乎是想在我面前树立一种威望。我一个姑娘家，人生地不熟，只好相信他说的一切都是事实。

出租屋没有窗户，太闷，稍微一动就是一身汗。我敞开门，开始清理房间。在床底的一个纸箱里，我发现了几本旧书和一个苹果绿的小吊扇。这种小吊扇我上职校时曾在宿舍里用过，挂在床头上很是实用。我试了试，并没有坏。想必旧租户走得仓促，忘了带走吧。

有天下班回来，我刚坐下来享受小吊扇的清凉，一个男孩敲门，说他是刚搬走的旧租户，忘了几本书，过来拿一下。男孩长相平平，头发却很时髦。我的心里立即生出几分警惕。毕竟房东告诫过我的，这一带租户杂，社会治安不好。因此，我没让他进门。男孩说，他在一家发廊上班，这家发廊刚开了一家分店，把他派了过去，所以才搬走。我进屋把几本旧书收拾好，把小吊扇拔下来，正准备找一个手提袋给他装起来。他在门外却突兀地问我：屋里热不？

他的这句多余的关怀，让我的警惕心忽地高涨起来。我胳膊张开，下意识地把住门。他笑了，说：看把你吓的，我像坏人吗？这屋没窗，又夕照，我就是问你热不？

我思量，他是不是提醒我别忘了他的小吊扇？他也太小瞧本姑娘了。我一股脑把所有的东西塞给他。正要关门，他却把手提袋里的小吊扇拎了出来。他说，这玩意他不要了，因为他现在租的房里有空调。

我估计他是在吹牛，更怀疑他是不是有什么阴谋。他的吊扇，我不稀罕。我说，你还是拿走吧。他说，这屋里闷，晚上睡觉时开小吊扇刚好，不会感冒，挺实用的。

可我不想和一个陌生人有什么瓜葛。我再次说，你还是拿走吧。

他尴尬地笑笑，自顾自说了起来。他说，他在这个出租屋里住了三年，三年前，他也没有一技之长，就像是一只小蚂蚁，在这个庞大的城市的缝隙里钻来钻去……后来总算学了理发这一行，干得不错，才被老板重用……这三年，幸亏有这把清凉的小吊扇，陪他度过了一个个难熬的夜晚。

看来他有些动情了。我说，那你更应该带走呀！它不是你成长的见证吗？他点头，承认他确实喜欢这把苹果绿的小吊扇。可他接着又告诉我，这小吊扇压根就不是他的，从他住进来时，它就在，估计是前面租户遗留的吧，因此他不能带走，希望我保管下去。

捧着小吊扇，我的心瞬间颤动了一下——这个小东西，它击鼓传花般传到了我的手里，是多么奇妙呀。我暗暗告诫自己，一定要努力工作，干出个样子。未来的某天，当我离开，我也会把这清凉风传递下去的，传给其他的打工者。

2016年9月6日

婉约团扇

◎宋艳萍

近日画得几幅团扇,虽不是满意之作,但竟然勾起我几分文思。

画扇时,眼前总浮现一婉约女子,素色衣衫掩映在一片夏花间,微笑时花露初蕊,抬手处凤雀展翼,圆圆的扇半掩芙蓉面,那或愁或怨,或喜或羞的美丽,似乎尽数掩了进去。只是这小小一面扇,如何能掩去一切。那一缕愁怨,正如青烟,在眉间浓了又淡,淡了又浓,萦绕不去。那一抹娇羞,更如画盘中最暖润的颜色,用一支精致羊毫,从腮边到眉梢,慢慢渲染开去,让这一把小小的扇也尽数沐浴在了朝霞蔼蔼里。

如若这扇是那有情人所赠,爱恨定藏在这纸上的勾勾画画中吧。那心中思念画为一缕炊烟袅袅,那心中离愁画为一座远山绵绵,那欲语还羞的顾盼,画为夏花颤巍巍开放在枝丫,那山之巅的绯色晚霞,也正如她腮畔的一抹颜色。这美丽山水,却不敌她回眸一笑,这万般色彩,怎及她眉间朱砂,提笔都是她身影,婉约如月下花。若是这扇出自女子手中,这又是怎么样的一双巧手,怎么样的一种巧心思。那心中愿想,或细细染成工笔画,或针针绣出花团锦簇,每一笔颜色都是点点心迹,每一条丝线都是万缕情思,这小小一面扇,藏着多少说不出口的话语,掩着多少欲语还休的女儿态。

只是当今之女子,随着时代的变化,钢琴和琵琶早已经混搭,谁还愿意将自己深锁闺中,将目光止于这手中的方寸之间呢。纵然这里鸟语花香,月光如华,纵然这里榴花早绽,新荷微露,团扇依旧消失在了女子手中。那素手执扇的婉约就此搁置。曾想着一身荷色旗袍,一把皓月合欢扇在手中,梳一复古髻，走在阳光下，不知是怎样的风景。只是这车来车往的柏油马路，怎搭这婉约情怀。那素手执扇的婉约终成遗憾。

  我细细裁就圆圆的宣纸，调就暖暖的颜色，画一缕思念如炊烟袅袅，画一笔离愁如远山绵绵，画一抹美丽如枝头夏花，画一份心思如窗外细雨，画一种婉约情愫在这圆圆、圆圆的圆里。

  这小小一面扇，盛得下多娇山水，盛得下多彩世界，如何盛得下心中的那一份情缘，如果这情缘能如这圆圆的扇得以完满，却是美事，我心期盼。

2016年9月9日

登山人

◎王志玲

"离山顶还有多久?"

"嗯,大概四分之一了,加油啊小姑娘。"

这已经是我第三次询问下山的人了,更抓狂的是答案竟然都是整齐划一的"四分之一",泰山四分之一跨度到底多长,已经腿脚发软的我有点崩溃。

下山者大概都一个样子,满身疲惫、摇摇欲坠,一副大获全胜过来人的自豪表情却怎么也盖不住,遇到上山的人询问还有多久,微微停顿一下,"大概四分之一了"露出一个神秘莫测的笑,不知道是鼓励还是别的什么。

一向把"不登泰山后悔一年,登了泰山后悔一辈子"的民间格言作为行动杠杆的懒癌患者——我,虽然已经是在泰安读书的第二年了,但对泰山一直是敬而远之,有同学朋友来玩也是提前打好"刀山火海都陪,but 泰山休提"的口号。这次这么想不开,完全是意外,在西安读大学的死党大叶子一周前就已经下通知,说要陪她一个朋友专程来爬泰山,让我无论如何都要接待照应,我刚要严词拒绝,大叶子就已经抢话道:"你见了我朋友,一定会改变主意的",我在心里默默吐槽:把吴彦祖整来,算你赢。

是的,大叶子赢了,我现在已经认命地在爬山路上,并且余光时刻注意着大叶子带来的朋友——小超,不是倾国倾城的帅哥,相反跟我们一样也是个普普通通的年轻女孩,如果一个裤腿里不是空空如也,手里没有架着拐杖的话。

我们的速度很慢,将近两个小时才到中天门,休息片刻,我从身后背包拖出水递给小超,她看起来精神还好,聊天时说起她九岁因为意外右小腿截肢了,这么多年拐杖就是她的另外一条腿,都习惯了。以前在家乡时候也陆陆续续爬过一些山,但是受杜工部"会当凌绝顶,一览众山小"的蛊惑,总觉得不登泰山是人生一大遗憾,刚好室友大叶子是山东人,就一块过来了。我笑着跟她开玩笑,"不爬泰山确实会遗憾一阵子,爬了泰山可是要后悔一阵子的",她摆出一副了然的表情:"已经后悔了",我们笑成一团,继续前进。

中天门、云步桥、五松亭、十八盘,一个钟头、两个钟头、三个钟头,从中天门到十八盘,已经不能再用狼狈或者辛苦来形容,两条腿在发着抖,为了省一点力气在台阶上迈 S 形步子,抬头一望无际全是台阶。走在前面的小超,马尾都已经汗湿贴在背上,大声地喘气声在后面都能听到,右手仿佛刻在了拐杖里,关节处已经发白。十八盘台阶陡峭又密集,仿佛连拐杖都放不开,我们不敢扶她,只能一左一右走在后面咬着牙紧紧盯着她。这样的小超一路吸引了很多同行者的目光,他们气喘吁吁超过我们,经过小超时吐出"加油"两个字。

从红门到中天门到南天门,整整七个小时,瘫坐在南天门的石阶上不停地喘息。

"我们大概创了爬泰山最慢记录了,"小超歉意地对我说,"害你也拖了这么久"。

"你要是不来的话,我可能这一辈子都上不来。"我很实诚地回答。

我们站在栏杆边往下眺望,山下是泰安的万家灯火,光明璀璨,已经是吃晚饭的点了。

入夜,虽是夏天山顶的风呼呼吹着,我们一群年龄相仿的人,共同租了军大衣在帐篷里吃零食、聊天,小超拿出创可贴处理手上磨起的水泡。不知道是谁先哼歌,然后陆陆续续每个帐篷都慢慢和上,静谧的夜里和着冷风变成了山顶大合唱,不知道为什么就觉得好感动,眼眶慢慢打湿。

第二天我们坐缆车到中天门,碰到一脸疲劳的登山者询问还有多久时,不忍心说出"这还不算开始"的事实,"大概四分之一了,加油小朋友!"然后笑笑,继续慢慢下山。

"虽说这一路很难,甚至只顾着往前连沿途的风景都忘了欣赏,但是顶多后悔一小阵子,足以自豪一辈子了。"离开的时候小超这么说。

我并不想表达小超她有多不幸、多坚强或者多伟大，她跟我们一样是个普普通通的女孩，没有喊什么正能量的口号，只是对泰山怀有她的崇敬，所以就来了。跟所有普通的 90 后一样，我们一起喊累一路吐槽要崩溃，却没有一刻真正停下脚步选择放弃，她架着拐杖一点一点爬山的样子算不上美，也不需要别人夸赞有多坚强感人，但是包括小超，那些在人生登山路上相互鼓励互相加油的年轻人，一边吐槽崩溃一边坚持前进的年轻人，即使在冷风里也放声高歌的年轻人——是我们，普通又不普通。

2016年9月14日

老柿树

◎张 超

  人生就像是一场没有归程的旅行，距离始发站越远，就会愈加怀念出发时的风景。而我人生旅程中时常会记起的画面，是家乡旧宅那株历经百年风霜而依然枝叶葳蕤、果实繁盛的老柿树。

  旧宅已废弃多年，留下的只有因蔓草丛生而荒芜不堪的庭院，残垣断壁间摇摇欲坠的老屋和曾祖父当年栽下的树龄已逾百年的老柿树。庭院虽已破败，然而一年中的春夏秋冬，我总要如期回到这里，信步于这个曾经留下我童趣、童声而现在分外落寞的院落，照看一下伴我度过美好童年的老柿树。记忆里，柿树就似老祖母，宽厚无私，尽心尽力并倾其所有奉献给这个家庭。回到旧宅，过往的关于柿树的记忆和祖父祖母的身影又重新浮现心头。

  祖父是方圆十里八村为数不多念过私塾又会写一手漂亮毛笔字的。因为识字懂礼数，家中来人总是络绎不绝。无外乎是一些因地畔被邻家多占了几厘，家中婆媳妯娌心生隔阂争吵不休需要调解，或是远在他乡的亲人寄来书信因不识字需要念信，并代为回复一封家中一切顺意家书的琐事。遇到来人，祖父总会拿出白瓷茶壶茶杯沏上好茶，安闲地坐在柿树的阴凉下，并在拉家常间不知不觉将他们的矛盾巧妙化解，临走时，仍不忘叮咛一句："大家都是乡里乡亲的，有什么可争呢，让一让啥都过去了，最后死了都要埋进祖坟，见同一个先人呢，可不能给先人脸上抹黑呀。"无论来人之间积怨有多深，在祖父的劝慰下，最终都是满怀感激和愧意离去。遇到需要念信写信的乡党邻里，祖父更是分外认真地大声念信并用毛笔写好一封工整的书信交给对方，现在回想起来，我才真正明白，在那个通信不畅的年代，祖父是深知家书抵万金的道理呀。

那时，我这个不知愁苦滋味的顽劣孩子总是喜欢家中来客，因为能支着长耳朵听热闹。尤其喜欢柿子成熟的季节，不仅可以大饱口福，更重要的是有机会展现自己高超的爬树技能。祖父一定会在客人即将离去的时候对我说："快上树给你三爷和二叔折几股柿子，带回去给娃吃。"祖父话音未落，我已迅速爬向柿树的最高处。看着我爬树慌忙的样子，祖父仰着头关切地说："慢着点，手抓牢，小心掉下来。"看着我安全爬上树，又自豪地对来人说："看这孙子，得是比猴娃子还麻利。"来人会满脸笑意地说："你这孙子真活泛，欢得很。"

善良温厚的祖父赢得了乡亲们的尊敬，多年后他去世起灵的时候，村子周边他无私帮助过的人都来为他送行。

临近阴历十月下了第一场水霜后，父亲和我会将树上的柿子全部摘下来堆放在院子中间。熟透的柿子像一座金色的小山，慰藉着全家人的心田。善良仁厚的祖母这时就会拿出家里最大的白瓷老碗，挑选最好最熟的柿子盛满对我说："去把这碗柿子赶紧给村东头的高兴家送去，屋里三个娃，母亲又是个哑巴，可怜着呢。"等我从高兴家里回来还没歇息片刻，祖母又对我说："把这碗柿子给二狗家送去，屋里有个瘫痪父亲，日子过得恓惶着呢，快去。"就这样，我抱着大白瓷碗盛满金黄的柿子，东家进西家出，等跑遍大半个村子后，剩下的柿子已寥寥无几。然而家里老小都没有怨言，反倒觉得柿树无私的馈赠能给予邻里一些微不足道的帮助而感到无比幸福。

柿树本无情，然而祖父祖母的善良仁爱，将柿树对这个家庭的无私奉献延伸和传播了出去，从而也彰显出了柿树的仁和义。

希望写完这些文字后，我能做一个美梦，梦里回到人生旅程中的童年时代，回到家乡老宅，同高兴、二狗围绕着慈祥的祖父祖母，围绕着老柿树尽情嬉戏玩耍，欢快的喧闹声飘散向遥远的天际。

2016年9月16日

做人如酒

◎岳红记

应邀参加《西安晚报》文化部和《宝鸡日报》副刊部承办的"6年西凤·丝绸之路杯"青年散文大赛宝鸡采风活动暨首届散文论坛活动,采风团到达的第一站就是参观宝鸡凤翔柳林镇西凤酒厂。

关于西凤酒,有太多的典故和历史,我最喜欢的还是裴行俭与西凤酒的故事。据宋朝张能臣《酒名记》记载,唐高宗年间,吏部侍郎裴行俭护送波斯王子回国。途经凤翔,大队人马行至城西亭子头村,看见路旁的群蜂欲飞不起,众蝶也是摇摇晃晃,纷纷坠地。裴侍郎便命手下人查问,原来是柳林铺一酒家刚从地下掘出窖藏老酒一坛,散发出浓香造成的。于是,裴行俭邀请波斯王子同饮,王子盛赞西凤酒的醇香。侍郎亦大喜,即兴挥毫题诗一首:"送客亭子头,蜂醉蝶不舞。三阳开国泰,美哉柳林酒。"随后还上书高宗。此后,大唐王室将柳林酒列为珍品上贡。

在参观制作酒曲的车间时,我们看到大麦、小麦、豌豆在这里被粉碎成糊状后,从运输带上缓缓而下,经过机器压缩,就变成了一排像砖块一样的曲块,被工人用板车推进发酵车间去。不过,砖块散发着泥土味道,曲块散发着粮食味道。

走进酒海库时,浓浓的酒香扑面而来,直浸脾肺,心也醉了……只见一座座挺着大肚子的酒海,安静地卧在昏暗的库房里,似乎是睡着了。每个大肚子上面都挂着标签,上面写着编号、度数、封存时间等内容。一座座酒海,像一位位历经沧桑的睿智老人。他们阅尽世间、历尽甘苦,向游客娓娓诉说着自己的生命历程。

查阅《汉语大词典》得知,"酒海"是一种大型的盛酒容器,因盛酒量多,故称"海",但没有说明具体是用什么做成的。这里的酒海是用藤条编成的不规则柱状容器,顶部和底部的口往里收,中间部分往外凸出,形成了圆肚状。但是,用藤条编的大篓,即使做工再精细,也是有缝隙的,怎么能盛装液体的酒?原来,酒海还有其他的工艺。

大篓内壁的缝隙是用豆腐混合其他原料来填平的,等干了之后,再用血料、石灰等作为黏合剂,继续裱糊二十多层麻布,等麻布干了之后,用鸡蛋清作为黏合剂,再在里面裱糊一百多层麻苟纸,待麻苟纸彻底干燥后,在其表面涂上蜂蜡和菜籽油,养护到一定的时间后,等其干燥了,就可以装酒。这个过程,需要熟练的老师傅花半年以上的时间才能制作完成,是纯手工制品。制成的酒海一般直径两米至两米五、高约三米,一般可以储存三到五吨酒。

在近千年的技艺传承中,酿酒师们逐渐摸索出了"立春封坛、立夏开坛、秋分立窖、立冬缮海"的酒海最佳使用方法。这样,酒海里面的酒就可以和大自然形成默契,去除了酒里的杂质,促进了酒老熟,使白酒慢慢有一种特殊的香味,酒的口感也更加柔和、协调,同时还能增酯降酸,减少了白酒对人体的伤害。

听着导游的介绍,我的思绪不由得穿越到了古代。古代的文人骚客常常对酒情有独钟。曹操"对酒当歌,人生几何"不是教人及时行乐,而是要及时地建功立业,因为人生时间有限。唐代王维"劝君更尽一杯酒,西出阳关无故人",写出他对友人依依惜别的情谊,这种感情就像酒一样纯真质朴、缠绵悠长。杜甫《饮中八仙歌》写道:"李白斗酒诗百篇,长安市上酒家眠。天子呼来不上船,自称臣是酒中仙。"表现出李白不畏权贵的性格,有着酒的刚烈品质。古人喝酒,喝的不是酒,而是真挚的感情。

只可惜我们现代人,常常失去了耐心去品味酒中的味道与真谛,而是在酒桌上选择了貌似豪爽的牛饮。酒桌上,劝酒者常常说"能喝白酒喝啤酒,这个干部要调走""能喝半斤喝八两,这个干部能培养""宁可伤身体,不可伤感情""感情深,一口闷"等话语来鼓动劝酒。喝酒者仰头一饮而尽,众人便拍手叫好。仔细想来,这样的喝酒,更像是一种表演,等表演结束后,当初的承诺与感情也是酒散情散。因喝酒喝出人命,喝得家破人亡的例子也并不少见。

做人如做酒,是我人生的追求。

2016年9月20日

吹笛人

◎卢文娟

  青城山素有"青城天下幽"之美誉。绿树葱茏，古柏幽翠，山峰秀美。不知有多少文人墨客来此探幽访胜，所谓"洞天福地"、"神仙都会"。我来到青城山，除了美景，让我难忘的是在下山的路上看到的一幕。

  下山途中细雨霏霏，停在山间亭中小憩片刻，却不知从何处传来一阵悠扬的笛声，循声望去，一位穿蓝色衣服的老人，正侧着头聚精会神地吹着手里的笛子。比起游人，他走路缓慢了许多，原来他每下一个台阶都是先用一只脚试蹭几下，当这只脚踏稳了，另一只脚才缓缓地跟着下来。周围游人拍照、嬉闹、吃东西……没有人注意到身边这位吹笛的老人，我像发现了一处独特的，只属于我的"风景"。我目不转睛地看着他，看着他一个一个台阶往下走，十米，九米，八米，离我近了。也许是他听到了这边人声鼎沸，便停住了脚步，摩挲着将身前布兜里的笛子一一摸了一遍，将刚才吹奏的笛子也摸索着装进了一个透明的塑料袋里，我猜想，这位失明的老人应该是卖笛子的，心头不禁一颤。这么远的山路，他是如何一个台阶一个台阶上去的？他每天都来这里吹笛子吗？失明的他为何要这么持之以恒地吹下去？

  当这位吹笛的老人距离这座亭子已经只有三四米时，他破旧的衣服和凌乱的头发，还有那一双灰蒙蒙的手终于被我看得清楚，而他始终没有停下脚步，尽管这一路上我没有看见任何一个人买他的笛子，可是他依然用心地吹奏着。我几步走到老人跟前，尽管我对笛子一窍不通，可是我要买下他手里的笛子。走近，轻轻地拍了拍他，问他一支笛子多少钱，他缓缓地停下正在吹奏的曲子，一只手有些颤抖地伸出两个指头。我便将两张十元钱双手递给他，他用手摸了摸，随后从布兜里缓缓地拿出一支笛子递给我。好几个游人都围了上来，一个中年男子说："我也想买，可是我不会吹奏。"我说："会不会吹不重要，老人家在风雨中卖笛着实不易，咱们都买一把他的笛子，他早些卖完，不就可以早些歇息，就当咱给青城山祈福呢。"中间站着的两个年长者都异口同声地说："是啊，说得真好，来，来，我也买一个……"

在通往山下的路上，我回头张望，卖笛的老人已经被好多人围着。那一刻，我的心里温暖欣慰。

2016年9月21日

西安味道

◎叶 梓

西安是一座老城，因此，不少去游玩的人都从中找到自己的根。的确，这座先后十三次定为国都的老城是一处寻古访旧的好去处，但西安的魅力不止于此，它还是一个美食爱好者穿街走巷遍访食肆的地方。在我看来，一个游客倘若能在西安的旅途中得暇去寻访美食，要比走马观花地去一个又一个景点更有意义。我之所以说是寻访，是因为西安的小吃五花八门、繁复无章，散落于众多槐荫幽幽的深巷老街之中，如同西安的建城史暗藏历史机密一样深不可测。

所以，请允许我以一个北人的地理之便与熟稔之利，说出那些让你口舌生津的西安美味吧。

先说肉夹馍。

关于肉夹馍，到底该叫馍夹肉还是肉夹馍，已经是个小儿科的话题了。其实，说白了，它就是白吉馍与腊汁肉的一次巧妙组合，联袂在西北大地进行了一次精彩的演出。有人赞誉它是中国的汉堡，显然，它在工艺上要复杂于汉堡。白吉馍出炉时需内软外酥，而腊汁肉的汁，既要浓，又要鲜。待肉入馍时，置少量肉汤。于是乎，麦之香、汤之香、肉之香既融为一体，又将各自的香味发挥到极致，肥而不腻，瘦而不柴，浓郁醇香，入口即化。

当然，肉夹馍也是有分类的，有优质、普通与纯瘦之分。爱美的姑娘大多选纯瘦的。其实，若论到好吃，还是肥瘦相宜者为佳。早晨出门，就近选一家味道不错的店，买一个，拿走，且食且行，经过苔迹斑斑的老城墙时，悠闲从容的步伐，看上去像是从遥远的唐朝走出来的人。

说到西安美食，不得不说羊肉泡馍。这又是一款馍与肉的深情演出。

吃羊肉泡馍，得耐着性子，不要急，馍要自己一点一点地掰成小块。若与朋友相邀而食，此际恰是谈天叙旧的好时机。掰馍讲究的是越小越好，方使汁汤调味皆可入其中，吃时不能用筷子来回搅动，否则鲜味大减，也不利于保温。讲究的吃法，是从周围一层一层、一点一点地"蚕食"，并佐以香菜、糖蒜和辣酱，提味调鲜。

在西安，如果不喜食牛羊肉，却又想吃泡馍，怎么办？那就去吃葫芦头泡馍！

葫芦头，也就是猪大肠与小肠连接处的肥肠，因其熟后收缩的形状似葫芦头而得名。葫芦头泡馍，就是取此段肥肠与掰碎的饦饦馍加其他辅料，用滚沸的肉汤浇泡而成。葫芦头的起源正史已无可考，但据野史记载，早在中唐时期的京都长安，就已经有一种以猪白肠为主料的"煎白肠"在东西两市出售了。亦有传说，此美食与一代医圣孙思邈有关。

如果说这些与馍馍息息相关的西安美味，可能更适合关中男儿的话，那么，一个美女到了西安应该吃点什么呢？

那就吃凉皮吧。

西安凉皮有米皮、面皮与擀面皮之分。米皮口感偏软，白色，味香甜；擀面皮口感筋道，呈半透明状，很有嚼头。它们两者宛如一阴一阳，形成极好的互补。小小一碗凉皮，其制作工艺却十分讲究，从选米、碾粉到和浆、锅蒸，都颇有特色。一碗上好的凉皮，要兼具筋、薄、细、滑等诸多特点，辣椒油也得加入十余种香料后上火反复熬制而成。所以说，在西安吃凉皮，就得不怕辣，即使怕，也得咬着牙吃，因为真正的调料都隐藏在辣椒油里面。

其实，皮薄如纸的灌汤包子、用陕西临潼产的"火晶柿子"为原料制作而成的黄桂柿子饼、岐山面以及柳巷面，都用不同的特质诉说着西安味道的别有风情。这种风情，体现在技术手法上，就是粗犷里不忘精细，滚烫中追求酥烂；体现在精神层面，就是总想在普通的食材上反映出古城的厚重历史。事实上，西安的美食，既与帝王将相的诸多传说脱不了干系，又是灿烂的黄河文明的一种生动体现。

可惜，我已南迁苏州，在波光潋滟的石湖之畔谋生，日日以米饭为食。前些天去上海游玩，碰到了一家西安人开的岐山臊子面馆，推门而入，除去臊子面，居然肉夹馍、葫芦头样样俱全，饕餮完毕，嘴角一擦，那个舒服，如同揣着一张春运期间紧俏的火车票回了一趟千里迢迢的西北老家。

2016年9月27日

抓不住的时间

◎朱 叶

前段时间回了趟老家，印象中姥姥姥爷一直是苍老的，半白的头发，脸上层层皱纹叠起，好像经历了一辈子的苦与乐，还是记忆中的模样。只是仔细看来，确有什么不一样了。姥爷变得更沉默，姥姥话还是一样的多，走路却愈加不稳了。

记忆里姥姥家的老房子是小县城里常见的二层楼，却有一处小花田，让人进去时总会不由被地里的花吸引。那时地里还是种了一些花的，品种不多，却也温馨动人。有时有空地了也会种上蔬菜，想做饭了便从里面拔点出来，健康又绿色，正是现在人所羡慕的，在当年却是再平常不过的事了。到夏天，葡萄架子上的葡萄刚结好，便被我们一群小孩抢着吃掉。那年的葡萄是一种酸涩中带甜的味道，就像那时的光景，只剩下供此刻回忆，却不敢奢望回去。

后来啊，老房子拆了，地也废了，只剩下越建越高的楼，崭新刺目，却再没有当年的味道。门前的路也因为扩建被挖开了，门前，废墟一片，漫天尘土；临出门前，一对老人，站在那里，向我们告别。一阵风吹来，尘土迷得人不住地掉眼泪，却又在泪眼蒙眬中，看到早已佝偻的他们，渐渐远去，离开。

忽然想起姐姐去外地上学前说的话：平时不爱说话的姥爷一大早专门给她送了吃的，说了一堆要好好照顾自己的生活，别邋遢不吃早饭，走的时候看着姥爷的背影却有点难过……什么时候开始，不爱说话的他变得更不爱说话了；什么时候开始，爱说话的她变得说几句就要坐下休息了；什么时候开始，我们长大了，他们却老了。

我们看自己时，总是欣喜自己又成熟年长了一岁。看父母，虽然感叹岁月的流逝，却也知道他们还会陪在我们身边几十年。只有看老人，才会发现，我们之间的时间不过剩下短短几年，过去的都会消散，留下的只是连绵的伤感。

时间是个坏东西，总爱夺走身边的人，好让人知道什么叫珍惜。却不知，夺走的是身体，夺不走的，是记忆。直到现在每次从老家离开，我还是会习惯性地看着老人远去，好像他们不先回去，就总觉得莫名自责伤感。

时间总会一天天溜走，在每一次嬉笑，每一次回头，每一次停留的时候。我抓不住时间，只好抓住自己，让自己不必太遗憾，让失去的不必太伤感。

2016年9月28日

老岁月已售罄

◎庞 洁

  母亲的外公，我叫他曾祖父。他还活着的时候，老房子里的一切物什都是有光的，虽旧，却泛着岁月的光泽，如人们喜欢观看的日出日落，途经的事物都蒙上了金色，浸润其中。如屠格涅夫所写"这个光芒四射的物体简直就是一个活东西，有金黄的头发，有和蔼的目光，神采焕发，仿佛上帝，正在年富力强的当儿，看着下面包罗万象的世界，觉得那儿满是有趣味的事物"。

  可是彼时的曾祖父已非年富力强，从九十岁开始，眼睛几乎看不见了，腿脚也不灵活，但是他依然饭前饭后都要在屋外散步，不拄拐杖不需要人搀扶，全凭着对这个老房子以及周遭老岁月的熟稔气息而活着。其余时间，都是静静地躺在床上，或睡或冥想，尤其是老伴早他去世之后，他更是习惯将漫长安静的冥想留给自己。他不睡的时候，都是坐在一台黑白电视机前"听"电视，声音大得震天，准确地说是噪音。破旧的黑白电视机已经是家里的老古董了，生辰不详，布满了雪花点，但是每天坐在电视前待两小时是外曾祖父雷打不动的功课，他饶有兴致地坐在那里，仿佛陪着爱人一般。他看不到也听不清，但是仿佛看得很认真听得很仔细，他在噪音里将岁月置之度外，并拒绝戴助听器。在他去世后很久，那台电视机一直被家人保留着，因为它是活着的老灵魂。

  我一度不愿意打扰他的冥想，我知道能陪伴他的时光有限，我领悟到生老病死人生无常的道理已经很迟了。那时内心常绕着的恐惧，是我觉得岁月开始在我与他之间倒计时。茨维塔耶娃在《我的普希金》中写道："恐惧和怜悯（还有愤怒、忧郁，还有呵护）是我童年时代最主要的情感，它们得不到滋养，我也就不存在"。

可是谁来滋养我童年时的情感呢，那些最容易被人忽略的情感，如今，连我自己都要忽略了，我才知道，人生须有很多断裂组成。我那时的恐惧和少年悲情还表现在，每年春节的时候只要看着家里的老人都还安好，我便如释重负般在心底要叹口气，暗想：终于他们又熬过了一年，终于他们又多陪了我一年！越到后来，越觉得这一年又一年是偷来的，或者，是神的恩赐。

由于眼花耳背，我们去探望的时候，必须大喊着说话他方能听见，从我上小学直至后来大学毕业，每回他问我的问题都是：语文多少分？算术多少分？二十年前他还能拿着放大镜读书看报，而今，他不可能知道外面的世界了（他一直把数学叫"算术"，他也不了解除了语文、算术之外学堂里还有什么。这是他的旧），如果告诉他我考了双百，他则像孩子般哈哈大笑，满脸清澈而爽朗的欣慰。其实这种对话本身毫无意义，有时候因为他耳背总是答非所问，而他对曾孙的关怀数十年如一日地体现在"语文考了多少，算术考了多少"，那些年月里我为学业埋头苦读，成绩也一直不错，除了自己的虚荣心好胜心使然，更重要的是，我需要去为一位耄耋老人交一份令他满意的答卷。而今，他已离去。对于我，"语文"和"算术"已经不是幼时的两门功课，我人生全部的努力应该是好好完成这个问题的答案，那些幼年时曾激励过我的，必将使我受用一生。

我小时候不曾上过幼儿园，是在曾祖父家长大的。我出生的时候他已经七十多岁了，身体硬朗，每天带着我去逛，并负责在我母亲下班的时候送我回家。白天我们几个小孩在院子里玩过家家，有一天觉得不过瘾，有人提出玩"送葬"的游戏，小孩们一拍即合，有人自告奋勇扮"死人"，我们找一块木板抬着"死人"在院子里走，后面再跟几个边撒花边把唾沫涂到脸上佯装哭天抹泪，嘴里还喊着"爷啊不要走……"我们把在乡间目睹的丧葬场面扮演得活灵活现。曾祖父因为看到了这个场面训斥过我们，我们不解，是啊，五六岁的年龄怎么能洞悉"死亡"二字的庄严肃穆，更怎能理解一个迟暮老人在岁月面前的无力感。为了报复他，我们给他茶杯里装满了泥巴，我们想象着他喝水的时候也许会不慎塞满嘴的泥巴，一个个坏笑不止，也许那时他的眼睛就已经看不清了，如果我们的恶作剧得逞了的话。

曾祖父在九十八岁高龄的时候离我们而去了，平静清澈如他的一生，他走之前一分钟对守护在旁边的我母亲说：快给我穿好老衣吧，我要去了。

　　终于轮到我参加自己在二十多年前冥顽不灵、粗鄙愚陋的孩童时参演过的"葬礼"了，还多了一项：我跪着流泪读完了我写给他的祭文，在场者皆泪下，各地的亲戚、远近的乡邻都来送他，因为他的慈悲、慷慨，早年有太多的人曾受惠于他。

　　我无法向岁月索取宽恕，那些老岁月已随着这位我深爱的老人的离去变得遥远模糊。

2016年9月30日

拐窑和窑窑

◎闫　瑾

在我的记忆里，窑里面再挖出的窑叫拐窑，在野外墙体中掘出来的，叫窑窑。小时候村里人就是这么叫的。

老屋大窑里就有一孔拐窑。从老屋根部往小窑方向走，口大，里面越来越小，曲里拐弯地通向小窑出口方向。拐窑口放些柴火、常用的家什，里面一直是空闲的，后来在拐窑口放置了面柜，只露出一个月牙似的黑窟窿。拐窑烙在我的记忆里，一提起老屋的大窑，我就想起了拐窑，它带有几分神秘色彩，还留几分恐惧在心头。

这份恐惧也许缘于我生性的怯懦，在院子里淘槐花的母亲，让我去大窑的案板上拿个笸子来，我蹑手蹑脚地进去，不敢看拐窑的窑口，摸到笸子撒腿就跑，越跑心却越紧张，仿佛黑窟窿似的窑口已经闪出鬼影来，直到到了母亲跟前，才敢回头望一眼，而身后只有空寂和神秘。天黑时就更不敢独自一人去大窑了，尽管肚子饿得咕咕叫，也断然拒绝去案上拿馍吃。可是姐姐就不一样，她胆子大，常常一个人独自在大窑出没，天黑乎乎的时候父母还没收工回来，姐姐就去大窑给弟妹蒸鸡蛋吃，学龄前我们一起玩捉迷藏，她竟然躲进拐窑里。

八婆家有一孔特宽敞的窑，很深，里头黑乎乎的，有一盘石碾，小时候跟着母亲去碾荞麦，跟着石碾转，窑体上的拐窑就像一个黑洞，周期性地晃在眼跟前，还没有石碾高的我，在意的不是石碾上白色的湿黏荞麦片，而是拐窑里会不会突然冒出个什么妖魔来。

村里以大队部为中心,几条村道向各个方向辐射,村道如果是手指的指缝,那么凸起的土埂就是指缝的侧壁。在侧壁往往挖出洞穴来,村里人称之为窑窑,可以储放柴火,也可避雨或歇脚。

对于窑窑,儿时的我犹如对于拐窑一样,充满恐惧。五六岁时,给在地里耕种的爷爷送饭。每每经过有窑窑的地方,总是小心翼翼地,不由自主地多看几眼洞口,却不敢往深里瞅,往往加紧脚步,小跑着离开,心扑通扑通跳得厉害。冷不丁扑棱棱飞出一只黑鸟来或者窜出一只兔子,全身就会一激灵,骤然出一身的鸡皮疙瘩,头发几乎竖起来,手心也湿了,提饭的小手哆哆嗦嗦的。静静地在地头等着,巴望着爷爷赶紧过来,终于看到爷爷撵着牲口,扶着犁铧走过来,心才少许平静。

爷爷去耕种或赶庙会,逢雨就在窑窑避一避,或者大太阳天的在窑窑里面歇个脚、乘乘凉,闲来聊天免不了提及窑窑里的见闻,或者见我们浪费、懒惰时就用窑窑里暂住的"疯子""叫花子"作为我们的反面教材。有时候,邻里大妈大婶们凑在一起神秘地议论,仿佛就在洼里的窑窑口见到一个碎花布包裹的女婴云云。这些传闻轶事更增添了窑窑在我心中的神秘和恐惧。

后来村里出了件大事,更增添了我对窑窑的恐惧。有位美丽的女教师,老屋还是敞院的时候,每天从老屋门前经过,她走路的身姿很美,从前面看,四肢似乎随着音律一颠一颠地在舞蹈。碰到熟人,或点头或甜甜地说笑,她的声音又细又柔,白净的脸颊是恬静的。我盼望着上学,因为她的影子让学校充满了吸引力,我想象着自己坐在教室里看着她,听她的声音。用现在的话来说,那时她就是我心目中的女神。可是没等我上学,那天下午,她就被停放在离老屋不远的村外土埂的窑窑里。有些人去窑窑前探望,我想去瞅一眼她,始终没敢去。据说她的丈夫晚上没见她回来,就赶去学校当众打了她一巴掌,她当晚就失踪了,过了大概一周才在那口水井里发现了她。她让那口水井和窑窑成为村里的忌讳之地,有人说在窑窑边曾看到过鬼魂,而我更怕打那里经过。少不更事的我一直恍惚于"女鬼"和"女神"的转换,自然难忘当时在村里哗然一时的事件。想到她,我就想起了窑窑,说起窑窑,我难免记起她。

2016年10月11日

我把人生比四季

◎秦东风

"秋风萧瑟天气凉,草木摇落露为霜",中秋节一过,这一年又时日不多了。春华秋实夏阳冬雪,大自然给予人类许多美好,只是能否充分享受这份美好,有时真得看我们个人的造化了。

大自然的春夏秋冬,我已经历过几十个轮回,人生一世,犹如大自然的四季,我把三十五岁以下的人生比作春天,五彩缤纷,繁花似锦。置身于花海之中,人们几无不陶醉的,敢想、敢做、敢闯,年轻有的是时间,年轻就是资本,年轻就有活力,年轻最能拼搏。我赞赏"三十而立",立业立家立人。至于能否立得起来,固然有天时地利人和的因素,但最主要的恐怕还要自身发力。是块好料,放到哪里都经得起历练打磨,不是好料,当属稀泥扶不上墙之类。春天是播种的时节,种子质量当然大有讲究,你看那些"优良品种"抗病虫害、抗倒伏、抗自然灾害,当然与遗传基因、人们的精心培育不无关系。学会做人,是处在人生春天的"娃娃"们的重要功课,这门功课做好了,就把准了人生航向,日后工作学习生活便受益无穷。

当人进入三十六岁到七十四岁之间,我把它比作人生的夏秋季。有着丰富的阅历,稳定的家庭、工作、生活,可谓安居乐业,做起事来少了盲目,多了稳重,少了被动,多了主动,伴随事业的成功接踵而至的就是许多赞誉、花环。这个时段的人一般最值得别人尊重。四十岁之后,人活得越来越充实,利欲已经想清看淡,知道了人生苦短,当有所为,有所不为;行万里路增长了见识,读万卷书能辨人间之真伪,得心应手,随心所欲常常能使这个年龄段的人对各种事物驾轻就熟；加之身体、人脉、品德等原因，人们常常对其中的一些人投以敬佩的眼光。等到儿孙满堂，业绩辉煌，那才是真正意义上的人间快慰。

有人刚过六十岁，便言自己老了，干的净是些"垂暮"之事，对此我不敢苟同。进入老年，精神矍铄者大有人在，他们或是宝刀不老，在熟悉的领域或岗位发挥余热，或是沉下心来在琴棋书画、吹拉弹唱上有所建树，或是加入公益组织，在培养下一代、扶贫帮困上令人仰慕，这些老人们是在用自己的行动告诉晚辈人生的路到底该怎么走，看上去比有些年轻人还有朝气。那日在公交车上遇到一对老年伉俪，我主动给他们让座遭婉拒，他们谢过之后说："我们只坐两站路，照理不该与你们上班族抢公交，但是没办法，女儿刚生孩子了，我们要赶过去看看。"听罢此言，一股暖流油然而生，多好的老人呀！

大自然的春夏秋冬各有各的美，人类的四季也各有各的妙，人们不能断然说哪个年龄段好与不好，因为术业有专攻，闻道有先后，也许你的青年时代光环耀眼，或许你的中年时期成就卓著，抑或你是大器晚成，总之只要心中有梦想、人生有追求、身上有正能量，这样的人生就注定不会虚度。

2016年10月12日

长假七音符

◎潘姝苗

前一阵《人民日报》刊文"让休假成为惯例",文章说:"休假是为了更好工作,给身体补补能量,给心情换换环境,调整心态,轻装上阵,重新开始新的战斗。"此话深得我心。国庆七天假期,对上班族而言,是一段奢侈的时光。它们就像七个音符,哆来咪发嗦拉西,可以奏起所有的旋律;它们就像七色彩虹,赤橙黄绿青蓝紫,绘制生活美妙的景致。

我像得了一笔意外之财地贪婪,不停地盘算着这七天的"用度开销"。首先要带孩子出一趟门,远近不拘,置身野外,寄情山水,一定会有别样的滋味。我要让久困藩篱的孩子尽情释放他的欢笑和嬉闹。再者要睡几天懒觉,关闭手机设置的闹钟模式,睡得眉开眼笑。素日里被闹铃唤醒,感觉就像箭在弦上,令人好不懊恼。老话说,"一头猪不如一觉呼",睡饱了,精神十足。其三要去看望父母,陪二老说说话,聊聊过去,谈谈今后。还有,厂里正在进行棚户区改造,住了二十多年的老屋眼看就要拆迁,那些铭刻了我童年岁月的檐墙砖瓦,应该再去多多拜访,搜寻往日的记忆。虽说是些破旧的建筑,在时觉得碍眼,一旦要被拆除,心头却萦绕了些许难舍的情意。

计划赶不上变化。国庆节前一天,外子告诉我,上级催着赶一个预算方案,他的假期估计要全部"泡汤"。儿子奶奶打来电话:"明天把我孙子带过来。"天蒙蒙亮时起床煲上粥,送儿子出门。然后,我打开电脑,收集了好听的音乐做背景,宅着做"网虫"。直到晌午时分,才发觉肚子饿了,属于自己的时间转瞬即逝。

晚上，外子加班到天黑，一进门看见窝在房间的我，就说："走，各大商场都在搞促销，我们看看去。"换上运动鞋，疾步行走在大街上，路边摆放着一排排错落有致的花卉，奔流的霓虹灯伴着车流和人流，汇集成假日独有的热闹场景。目送了一幢幢拔地而起的高楼，进入商品琳琅满目的商场，穿行在络绎不绝的游客之间，才真的感到，我们所居住的这座城市正在悄然蜕变，变得越来越与时尚接轨，变得越来越亮丽大气了。

回来的路上，外子接到一个电话，聊了足足十几分钟。原来是钓友，相约择日去钓鱼。翌日，他一如往常去上班，我照例上网敲字。原来长假，只在想象中。如同许多想去而没能如愿的旅行，许多想见而未能亲至的美景，许多想遇而不能求得的邂逅。而这些无奈的失约，并没有熄灭我对生活的向往与期待。

其实，比之人流如织的旅行，我更大的心愿是在假期与家人去乡下看叔叔，一起在收割完毕的稻田里细数生命最自然的景象。"细雨斜风作晓寒，淡烟疏柳媚晴滩。入淮清洛渐漫漫。雪沫乳花浮午盏，蓼茸蒿笋试春盘。人间有味是清欢。"苏东坡笔下的清欢尤为有趣，也仿佛唾手可得。想想古人，无迅捷的交通，无奢侈的物什，却依然把日子过得有声有色，滋味十足。不论你正在酝酿的假期计划是远是近还是宅，把长假作为一段休止符，简约欲望，放慢脚步，给心灵置放一片遐想，都是极好的。

2016年10月14日

求缺的毛笔

◎ 王 栋

七月的一天,我和司马兄分乘高铁和飞机在南昌会面,在南昌徐兄的陪伴下,游览位于南昌进贤的中国毛笔文化博物馆,拜会神交已久的馆长邹农耕先生。

南昌闷热潮湿,让我们很不适应,离开空调,稍一活动便是满身大汗。行车七十余公里,终于抵达了位于进贤县文港镇的中国毛笔文化博物馆。映入眼帘的是一片徽派建筑,错落有致的马头墙突兀多姿。走进清静雅致的厅堂,身心立刻平静下来。

我和邹农耕先生相识,得益于李世南老师的引荐。但之前仅是电话和短信交流过几次,一直以为他是鹤发童颜的老者。初一见面,却大吃一惊:眼前这位面容清瘦、衣着时尚、淡定从容的青年才俊,居然便是李世南老师口中匠心独具的毛笔大师。

一番寒暄,我们和农耕先生攀谈起来。身处毛笔之乡,言谈自然离不开毛笔。

文房四宝之中,可以说,笔是最重要的元素。而每杆笔,都凝聚着匠人的智慧与汗水。农耕先生说,不同的笔,也和人一样,具有不同的性格。每一杆笔,都有自己的灵性,也都有自己的个性。通常,一位书法家或画家,初拿到一杆新笔,都很难得心应手,只有花一段时间去了解这支笔,去适应这支笔,笔也才会慢慢地理解你、适应你、成全你。但这种适应,往往不会达到圆满,更不会达到永恒,总会在人与笔相知相融的最佳时刻即将到来之际,笔的生命戛然而止，毛秃杆断，令人叹惋。

从来没有一支完美的笔，就如同没有完美的人。农耕先生有个特别的观点，他制笔时，总是秉持"求缺"的理念，每制作一支笔，都会刻意留下那么些遗憾。有缺憾的毛笔，会留给用者更多发挥自我个性的空间，同时也会在创作中留下些许的不足，但往往正是这点不足，反而会出现随机的、出人意料的效果。

拜别农耕先生，返回途中，思绪良多。这一支求缺的毛笔，确是我南昌一行最大的收获。诚然，再好的工匠制作的毛笔也不可能达到极致，再优秀的人也不可能臻于完美。万事万物都处于不断变化之中，人生绝不可能时时刻刻处于高峰，所以更需经常以求缺的心态来提醒自己。正如古人所讲的："井涸而后知水之可贵，病而后知健康之可贵，兵燹而后知清平之可贵，失业而后知行业之可贵。凡一切幸福之事，均过去方知。"

求缺，是一种精神，给笔留条生路，给自己留条后路。农耕先生这种不追求圆满、求缺的理念，也应成为我生活的指南。大约，真正做到了求缺、知足、感恩、惜福四点，我的困顿、烦恼、苦闷和心酸都会迎刃而解。

2016年10月18日

麦田上的星空

◎张彦梅

人在骨子里都是乐山爱水的。

所以,闲暇的时间开车出城,走进山水间,就是很自然的了。

周末孩子上完英语课,和家人一起去长安的某个山庄。车窗外金色的麦田在蓝天下沿着黛色的秦岭无穷舒展,孩子们唱着"夏天夜晚陪你一起看星星眨眼,秋天黄昏与你徜徉在金色麦田……"我的心也跟着律动起来。

至山庄。门前溪水淙淙流淌,渠岸上野草轻轻招摇。大朵大朵的白云悠然浮动,这里真是带家人躲清净的好地方。

办好入住手续,才进房间,孩子们已经以我意想不到的速度换上泳衣,在温泉泡泡,在泳池游游,像穿梭的鱼儿,不知疲累。水是那么温柔,就好像一双大手,包裹着我,抚摸着我,我甚至想闭起眼睛休息,什么都不去想。我想,婴儿在母亲的肚子里就是这般的舒适吧。

泡完温泉,简单地吃了饭。薄薄的暮色贴了地,水一样地弥漫开来。窗外的神禾原沐浴在一片橘红色的轻纱里。

于是开车,带着孩子向着近在咫尺的神禾原而去。才不到十分钟,就到了原下。而原下的小村子,此刻也到了最安闲的时刻,村民三三两两地坐在门前。有的拉着家常,有的就静静地看着落日的余晖,似乎等着黑夜那一刻的到来。

穿过小巷道,车开始爬塬,路陡,几个弯曲反复,至塬顶,一片开阔:往下望,一层一层的麦田摇晃着夕阳,清爽的风夹杂着麦香,送来远处的狗吠。

原下人家都隐入那一片暮色中不甚分明了。

孩子们要我给她们拔一株麦子，我拔了两株，告诉她们小心麦芒扎手。孩子们小心地拿着麦子，问，麦子为啥要长刺？我随口说，因为麦子妈妈要保护她的宝宝——麦粒，不被小鸟吃掉。其实我也不知道我回答的对不对。孩子们赞叹，所有的妈妈都好伟大呀！

我静静地坐在田间小路边上，孩子们随意玩耍的身影被夕阳镀上了一层金色。腿边的麦穗沉甸甸的，我是生平第一次如此近地感受他们，看着它随着微风掀起阵阵波浪，听着麦穗与麦穗间的细语，我的内心充满走过千山万水的柔软。我想，凡·高画完麦田之后会不会轻松惬意地叼一根麦秸躺进这一地金黄里睡一个安宁平静的午觉？

暮色渐渐远去，暖意随着归去的暮色已然淡去。星星缀满了夜空。女儿靠在我的怀里，我们一起仰望，这里的星空真美。深蓝的夜空中，星光灿如花，纯净又遥远，如同海底的珍珠，浪漫梦幻中又包含着一份空灵。像诗人眼里的柔情诗行，像童话里的梦幻世界。

第一次见这么美的星空，女儿后来作诗：

夜空 铺满了水晶

闪烁着的金光

是哪一颗 变成了灰姑娘的水晶鞋

在逃走的那个夜晚

留下王子追寻的线索

我们去过多次乡村，唯独这次长安之行对孩子印象最深，因为除了这首稚嫩的小诗，孩子还写了篇作文《植物妈妈的爱》。

我想这就是此行大自然给我的最好礼物，没有刻意的安排，我们邂逅了最美的麦田和星空。最近朋友圈非常流行一句话：生活不只有眼前的苟且，还有诗意和远方。我想说，追求生活的诗意没那么复杂，也许就是一次乡间行走，一次仰望星空。也许是剪竹修花、听一曲自己喜欢的歌。

生活究竟要赐予我们什么呢？

忙碌的工作，同时有一颗享受生活的心，把每天日升日落的重复，过得有滋有味。

2016年10月19日

读信的感觉像春天

◎ 张梦婕

20个世纪90年代,既没有QQ,也没有微信,人和人之间的联系主要靠电话和信件。作为一个穷学生,囊中羞涩,根本不具备打电话的条件。独在古城长安的我,和很多人的联系主要靠信件,记忆最深刻的是闺蜜樊桂云给我写来的信件。

当时她考上了武汉大学中文系,每年寒暑假和去学校,西安是她来回必经之地。每次送她到车站,火车一声轰鸣,咔嗒咔嗒地把她载往了有着黄鹤楼的异乡。送完了她,形单影只的我回到宿舍,就开始等待她报平安的书信。当时我一边上学,一边在一个杂志社打工,一般情况她的信件都会寄到杂志社,她的字迹遒劲有力,像一个男孩子挥舞着刀戈走向古战场,一些老编辑看到当年尚不足二十岁的我频频收到武汉大学的来函,就颇有意味地看着我说:"小张呀,你还年轻,正是长知识的好年华,是不是谈恋爱了?"我红着脸讷讷地回应:"不是的,是我高中时代的女同学。"一个编辑有一次扣留了我的信件,打趣道:"小张,如果你没有谈恋爱,敢不敢让我当着大家的面把信拆开?"当时我年纪小,也不好反驳什么,就横下了一条心说:"好呀,假如不是我男友,中午你请客。"他爽快地答应了。于是一封来自武大的信呈现在编辑部的桌子上,大家都抱着读惯了读者来信与来稿的腻味,想一睹情书芬芳的心情启开了信封:只见信纸里一个女孩子洋洋洒洒地写着武汉大学的樱花小径,以及她们在上课间隙的种种见闻。那位编辑看到原来是自己误会了我,禁不住打起了哈哈,当然那顿请客的午餐大家都吃了。编辑部里才子遍地,看到武大女生如此才情丰沛的信件，禁不住赞叹："都说小张文章写得好，没有想到就连好朋友也是腹中锦绣，了不得，了不得。"自此我的信件终于解禁，每次回到宿舍，就迫不及待地展笺，那种美妙的感觉如同沐浴春光，黄莺鸣啭。

桂云的字迹俊美洒脱，文笔更是美到极致，她的温婉与细致，她的耐心与美好，熏陶着敏感于文字的我。就这样我和中学同窗虽然两地相隔，但因为一个月不下四五次的通信而顿感友谊地久天长。

真正参加工作后，发表的文章多了，难免收到的用稿函多了。来信字数虽少，却也言简意赅，信纸上不到一百多字，通常写着："张梦婕同志，您的作品被我刊录用，拟刊载于某年某期杂志。感谢您的鼎力支持。"最后一行有某刊物的名称与鲜红的大印。

对于一个写作者，收到如此的信件，难免心儿翩翩，这意味着一个人的精神劳动得到了认同，读到此函，心脏怦怦怦地加速了跳动，只想找个没人的角落，享受那一刻天地因我而不同的喜悦。即使身处寒冬，却也感觉如同阳春三月，那种身心的愉悦是任何财富都难以与之相媲美的。

光阴荏苒，进入E时代后我也告别了青春之岸。这时候收到的作家签名本一天天多起来，偶尔也有作家朋友亲自挥毫，给我写一两封亲笔信，这其中有山西作家韩石山，成都作家裘山山，著名出版人、历史学家钟叔河等等一代成就斐然的老中青作家，每每读到他们的来函，我的内心就澎湃着一种激情，那就是一个人只要有向上之心，有定力面对今天沸腾的世界，才能留住春天。

在一个车上、马上、案头皆微信的时代，似乎读信显得更落伍了一些。好在我业余写书法作品，收到饱蘸浓墨的书家作品以及短笺比其他人多，读这些远方信件，心儿如同走在春天的小河堤上，远处的小树林边，一行白鹭上青天，唯有我傻傻地站立在原地，落英缤纷，不知归路。

读信，读的恰恰是那一缕缕春草如茵百花开的心境。

2016年10月21日

云中歌

◎段路晨

拥挤的城市，林立的高楼遮挡了多彩的天空，我们往往只能看到天空的局部，也很少抬头仰望头顶的蓝天。事实上，那天色常常发灰，尤其是在一年中最寒冷的季节。所以，我每到一个陌生的处所，总会留意当地的天、当地的云，心情也随之明朗或沉郁。

越走向辽阔的大自然，天空在人们视野中所占的面积越大。头顶笼罩的广袤空间，有着属于大自然的神笔：那是在苍穹中勾勒出一团团棉花糖似的柔软，或是被风划过如刀剑般的丝丝缕缕，是数笔点染成绯红的渐变，又是随性泼洒而成的点点星辰。不论白天还是夜晚，七彩之光都能在天空中找到。那五颜六色或隐匿于正午的艳阳下，或夹杂于黄昏的晚霞中，或闪烁于夜幕的星河里。它那多姿多彩的表现形态，承载着目前所知的自然界物体运动速度最快的光，而那变幻无常的天空，则是人类最原始的创意启蒙者。

关于天空，自古被赋予了众多美妙的词汇。上苍、长天、长空、青空、云天、天宇、天穹、穹碧、穹汉、穹宇、碧落、凌霄……辽阔空间罗列着日月星辰，是至高无上的神秘寰宇。

《封神演义》《西游记》《红楼梦》都有对天宫圣境的记载，那是文学家想象中的奇幻世界。天庭中的神灵各自主管一方，保佑着人间的风调雨顺。凡界与天宫遥相呼应，连接成无形的纽带，俯仰之间，人类与上天息息相关。

不久前，随车于陕北高原穿梭，天空中的云朵悠悠地翻卷舒展，时而聚集，时而散开，勾起心中无尽的遐想。世代耕耘大地的农夫面朝播种希望的黄土，背负变幻莫测的蓝天，而蓝天给予他们的则是与生俱来的灵感与天赋。

也许谁都不曾料到，这片贫瘠的土地竟会成为红色革命的摇篮。小米、红枣、洋芋、南瓜，最接地气的简单食物养育了一批批志士仁人，他们在解放区晴朗的天空下成为缔造新中国的生力军，他们从陕北出发，怀揣奋斗的梦想走向全国各地。

一方水土养一方人，在不同地域成长的我们，头顶却有着相似的天空。无数次抬头眺望云卷云舒，看那奇趣无比的造型，还有那游动变幻的模样。正午时分，站在高处俯瞰连绵的山脉，大团的云朵会挡住直射而下的强光，在山间投映出一片片黑影。那影子随着云的游走而挪动，亦步亦趋地挟裹着其下的土地。静静地看云，实则是静静地同自己对话，目光注视着天空的鬼斧神工，总不自觉地思索着关于自我、关于未来的打算。

随后，带着它步入更广阔的天地，日积月累，便将释放出更为强大的能量。倘到那时，再回看过去的时光，总会想起曾经的天空和看过的云彩，还有脚下坚实的土地。

2016 年 10 月 25 日

一碗素面

◎余瑞欣

到西安上大学后,听到这么一句话:"起身饺子落身面"。

我想,在面食当中,饺子能"扛饿",而面条易消化。所以,要出门时,家人会做碗饺子,让远行人路上不挨饿;回家后,则会煮碗易消化的素面,安慰游子的身心。

早晨四点三十三分抵达合肥,一下车就被湿冷的天气包裹。无尽的疲惫之感让我在见到来接我的爸妈时,连欢呼雀跃的力气也没有了。

终于回家了。勉强吃点东西,洗澡,接着爬到床上睡觉。

离家千里,往返于西安和合肥,对我是一场体力战,但我无悔。所有的不悔,都源于对西安的热爱。曾在西安街头看到这样一句宣传语:"这里是长安,从这里出发,可以去世界上任何地方。"看到这话,心儿顿时被抓住。我以西安为原点,去了很多梦想到达的地方,包括,自己的内心。

回家前,曾有幸参加了西安晚报组织的采风活动,又一次来到我最深爱的秦岭深处,看山水温柔,看树木森森,看炊烟袅袅。秦岭深处有人家。他们祖祖辈辈生于斯长于斯,扎根在这里,自然得像一棵树长在秦岭的土壤上。而我平时所接触到的人里,有许多本是异乡人,但选择留在了西安。离开父母之城,驻扎在一个新的地方。需要很大的缘分与勇气。我常常会迷茫:从西安到合肥,或是从合肥到西安,哪一边才是归程。

想着想着,迷迷糊糊地睡着了。

醒后,是昏昏沉沉的傍晚。窗外,好像要下雨的样子。

突然知道饿了，就喊："妈妈，我饿了。"

窝在家居服里，看妈妈煮面条。倒上半锅的水，盖上盖儿。在等水开时，妈妈洗了一把青菜，一棵乌菜，盛在漏网里控干。我突然想尝尝从西安带回来的荞麦饸饹，让妈妈泡了一把。水开了，妈妈把面条和荞麦饸饹放进了咕嘟冒泡的水里，拿筷子搅动着，水汽腾腾的时候我站在旁边感觉有点恍惚。很担心黑色的荞麦饸饹会不会掉色，第一次吃呢。接着是加青菜。妈妈问我要不要加鸡蛋和虾皮，我摇了摇头，想到它们，感觉没什么胃口。

煮面是最快的一种饭食。过年时，若是有老家的亲戚打牌打晚了，贤惠的妈妈会煮一碗面条让他们吃了再走，十分钟，不让人久等。我初三时写作业到深夜，妈妈也会煮碗西红柿鸡蛋面给我当夜宵，后来被怕胖的我屡次拒绝后终于放弃，换成一杯安神的牛奶，只是有时怕我饿肚子，还会颇有心机地在牛奶里加上榨出来的香蕉泥，我不忍点破，默默喝光。到了高三因为住校，经常饿着肚子睡觉。也许只有妈妈认为我熬的夜还配得起一顿饭吧。

刚才感觉饿，等到面条上桌时又没了胃口，感觉很抱歉。我把面条拍下来时，我妈笑我：你还有这习惯？当然不是啊，我对吃过的东西总是记不住味道，拍下来留个念想。

嘴上这么说着，心里其实还有一丝不愿明说的愧疚——

我离开合肥去西安上学时没吃饺子，回家乡后却有一碗素面在等着我呢。在我眼里，那碗中盛放的不是素净的面，而是满满的乡愁。

"起身饺子落身面"，这话说得真好。

2016年10月28日

舅舅的那一碗白米饭

◎段祖琼

中秋节那天，我买了月饼、水果去看舅舅，陪他们吃了顿团圆饭。儿时，我好读书，舅舅上过高中，是亲戚中最有文化的人，他的语文课本是我童年的唯一读物，也是我爱上写作的启蒙教材。

二十多年前，我读小学，学校离家远，只好住校。和现在的孩子没法比，那时候各方面条件都很差，最差的要数学校的伙食了。每个星期，住校的学生们要从自己家里背苞谷粉交到学校，一天两顿都是苞谷糊豆儿。有的家长交到学校的苞谷粉是家里最差的苞谷磨出来的，黑乎乎的，甚至没有筛尽糠壳，也没有箩过细面。这样的粉在煮的过程中容易结成疙瘩，咬开里面是干心，只能吐掉。即使这样，我们每顿饭也只能舀到一碗糊豆儿，不仅难吃还吃不饱。

舅舅当时在学校代课，一个月拿几十块钱。表姐表弟也在上学，舅妈没有工作，住在学校给一家人做饭。他们生活很拮据，每天和学生一样吃糊豆儿，不过起码菜里的油水多一些。妈妈说过，吃饭的时候别在舅舅家门前晃，叫你吃了，他们自己不够了；不叫你吃，舅舅肯定于心不忍，得自觉。所以每次吃饭我都躲在操场的一个角落里，匆匆吃完就往教室跑。

有一天中午，我蹲在操场边上吃饭，才吃了几口听见舅舅叫我名字，我站起身，舅舅二话不说，拉着我就走。到了他们家一看，桌上盛着四碗热气腾腾的白米饭，还炒了肉。我不由得咽了咽口水，被舅舅摁到桌子边上坐下，表姐表弟已经压抑不住激动的心情大快朵颐起来。我低着头，刻意不去看桌上的米饭和肉，机械地低头吃自己的糊豆儿。舅舅让我把糊豆儿放一边，重新拿碗舀米饭吃，我执拗地不肯，他给我夹菜，我连眼皮都没抬，只顾低着头吃。舅舅坐在旁边看着我们吃饭，表弟吃完后，嚷着没吃饱，舅舅把自己跟前那碗饭分了他一些，等我们都吃完了，他才开始收拾桌上的残羹剩饭，狼吞虎咽地吃起来。我暗暗地舒了一口气，幸好没有吃米饭，要不然舅舅这顿就要饿肚子了。

后来舅舅又叫我去他家吃饭，我仍然紧紧护着自己的糊豆儿，生怕被抢了似的，象征性地吃几口他们炒的菜，算是安慰了舅舅的心意。有时候我也执意不去，当着一大群同学的面，任凭舅舅怎么说我都不去，后来干脆用沉默对他。舅舅无奈，只好自己回去了。

元旦那天，下课铃声刚响，舅舅就堵在了我的教室门口。他的手里端着一碗热腾腾的苞谷糊豆儿，有滋有味地吃着。我想从他面前溜过去，却被拦下了。他说："今天早上饿得不行了，屋里的饭还没熟，我等不及了，就把你伙食上的糊豆儿舀了一碗。"我半信半疑，看到碗底绑的红毛线，确定那是我的碗。舅舅迫不及待地吃了一大口糊豆儿，又接着说："怎么办呢？你就再忍忍，过几分钟饭就好了，先到屋里烤火等着吧。"我还愣着，被舅舅拽了一把才木讷地跟着他回家，表面上不情愿，心里却有几分窃喜。香气扑鼻的米饭瞬间就把我的胃俘获了，虽然只吃了八分饱，但是回教室的路上忍不住蹦着跳着、哼着歌，差点连路都不会走了。

再后来，只要家里煮米饭，舅舅就会编造各种理由，骗我到他家里吃饭。有时候说，家里天天吃米饭，今天想吃糊豆儿了，所以就跟你换着吃，我已经把你的饭吃了，你只能去我家吃了。有时候又说，今天你舅妈把米下多了，吃不完，你去帮帮忙啊。妈妈知道后，红着眼圈叹着气说："你舅舅那是心疼你，故意的。你要领会他的一片心，将来有出息了好好报答他……"

以后不管上学还是工作，我都很努力。因为我不敢辜负在那个艰难的岁月里，舅舅从牙缝里省下给我的一碗碗白米饭。

2016年11月1日

乡味是一瓮醋

◎王英辉

祖母是做醋的把式,她那一手绝活在十里八村久负盛名。

在老家,要吃一口地道的臊子面,汤味是关键,因此,纯正手工醋是断然不可或缺的。每年秋意渐浓时,祖母便开始穿梭在房前屋后,为她的"酿醋工程"忙活起来了。

周末的早晨,伴随着一声声清脆的鸡鸣,祖母就会一遍遍呼唤着我的乳名,一句句聒噪着她挂在嘴边的"名言":"娃娃勤,爱死人;娃娃懒,拿个棍棍赶。"晴好的日头下,那口巨大的笸篮总会被祖母抹洗得干干净净,油光铮亮,晾放在庭院当中的杏树旁。三叔已经从北厦房里将一块块用旧报纸裹扎着的曲坯搬到了房檐下,我跟祖母并排跪在厚厚的棉垫上,挥动着一柄亮晃晃的小砍刀,将这些方方正正的曲块一下下剁碎,一时间,阵阵浓烈的曲味便溢满了小院的角角落落……

"煮醋"的环节,祖母看得很神圣。往往是天还没亮就起身生火,大铁锅里早已放入了各类杂粮,三叔慢慢地拉着风箱,遵照祖母不断叮咛的火候与节奏,"咕嘟嘟"一直要煮到半晌午,直至兑入曲坯盛入瓮中后,我的新任务便来了。每天早晚站在小方凳上,掂根直溜溜的木箅箅,伸进那口比我还高的瓮里使劲翻搅,听着"噗滋滋"的发酵声响,嗅着一缕缕刺鼻的麦曲味儿,我心里荡漾着满满的成就感!

很快,就到了"拌醋"的节骨眼上。之前尚能搭把手的我们统统被祖母支开,但见她只身一人神秘地钻进厦房里,一待就是大半夜。大家悄无声息地默默等候着，从不敢贸然去惊动叨扰她。估摸着时间差不多了，姑嫂们会回应着与祖母约定的"暗号"，在里间响起干干脆脆的咳嗽声时，便七手八脚地把事先预备好的旧衣裳、红布片、铁铧头、擀面杖等一一传递进去。待祖母依着固有的路数逐个摆好这些物件，将拌好的醋坯苦盖得严严实实，终于蹒跚着走出屋子之际，那一身黑袄上下全都浸染着的浓郁酸味，便开始氤氲在逼仄的房间，萦绕在我们的心头。扑面而来的熟悉味道，撩拨得婶娘们兴奋不已，纷纷嘀咕着：你闻闻，多香！今年又能吃上四妈的醋咧……

"淋醋"是最令人期待的，是啊，起早贪黑忙活一场，收获总是激动人心的。那几只不知传了多少代的大瓦缸，此刻静静地被摆在长条凳上，缸底一侧拇指粗细的小洞，插着一截玉米秆梢棒，缸内，满盛着一家人舌尖上的渴盼。熟稔流程的祖母轻轻拔下它，一股喷涌倾泻的香醋便汩汩迸射而下，望着瓷盆里渐渐汇聚起自己一手酿就的黑澄澄、清亮亮、油漉漉的农家醋，祖母满眼的惬意与富足。她麻利地拎过马勺，弯腰舀来小半瓢，轻轻递到我的嘴边，酸味直窜鼻孔，涎水瞬间滋生，祖母催促道：我娃先尝尝！我小心翼翼地抿一口，忍不住龇牙咧嘴地叫嚷：酸！酸！太酸了！

头道醋又浓又酽，韵味悠长，祖母除了在淋完醋的那些天给街坊四邻端几碗过过瘾，剩余的全部装入厨房一角的那口黑老瓮中，封好盖严，逢年过节时才拿出来烹调享用，馈赠亲友，珍贵得不得了。二道醋淡，虽不及头道醋味儿那样厚重，同样酸爽可口，醇香无比，作为平常饭桌上的必需品，陪伴着我们年复一年的一日三餐，调和着全家寡淡但富有温情的生活，我们一个个吃着祖母做的醋成长、成人、成熟。

而今，那一口吃惯了的醋成了我长久以来的一份念想，不管走多远，不管在哪里，记忆里唇齿生香的酸味总让我深深怀恋。每次返家，亲人们都会从那一口黑老瓮里给我舀出一瓢又一瓢香气四溢的家乡醋，盛满提前预备好的一个个瓶瓶罐罐。我知道，这不仅仅是在装一种调料，一种味道，更是在装一份关爱，一份牵挂，因为，这一口醋，满含着永远割扯不断的浓浓乡味啊！

2016年11月2日

冷面搓搓

◎丁延平

小时候，种地几乎都是靠人畜，一年到头忙个不停，但粮食似乎总是不够吃，而干完活回到家里，母亲洗洗手，就和面，做大家都喜欢吃的冷面搓搓。随着热油浇葱花的"刺啦"一声后，家人便拿起碗来到母亲面前盛面。父亲出力大，哥哥长身体，碗里就盛得多一些，我跟着大人也可以享用一碗，而轮到母亲的时候，锅里就只剩下几根断成小截的搓搓，用笊篱捞进碗里，再加几勺面汤，就个掺了黑麦面的蒸馍，将就着就是一顿午饭了。

后来，家境好转，母亲还是会在没有好饭可做的情况下，做些冷面搓搓，以犒劳家人。我被母亲招到旁边，也学着母亲的样子，搓起了搓搓。冷面搓搓是农村人为了省时，直接用冷水和面，擀平后切成条状，直接用双手搓成细条状的一种面食。这种面就和死面馍一样，没有发酵的过程，所以非常瓷实，被农村人称为"钢筋面"，很有嚼头，吃到胃里耐消化，顶饿，但是不能常吃，对胃不好，怪不得母亲只在家里人干重体力活的时候才做冷面搓搓，原来还有这么些讲究呢。

虽然冷面搓搓看似简单，但做起来光和面就很有讲究，面要和硬一些，太软了就不好搓了。和面搓面必须一气呵成，中间不能稍微怠慢，否则面干了就搓不动了，或者容易断掉，要趁着刚和好面时的湿度，赶快切条、搓面。每次看到母亲搓面，总是那么的熟练，可我一上手，不是粗细不均匀，就是把面搓断了，母亲看我要把断了的面条接起来，便笑笑说，等你接好了那根，其他面早就干了，几次之后，我确定自己确实不是这块料，也就放弃了，专心地烧火。要拉风箱，烧大火，煮搓搓才不会沉底，这种面很费火候，煮不好就成了夹生的，容易把人吃出病来。

前些年，母亲还会做冷面搓搓让大家换个口味，她特意剥了些三月里的小蒜，还有我们称为羊蹄甲子的野菜。本地俗语有三月小蒜，香死老汉之说。鲜嫩的蒜苗被热菜油浇过，香味立刻勾起了食欲。羊蹄甲子绿绿的，甜中带着涩味。这时吃冷面搓搓，完全是一种享受，满口留香。虽然解了馋，但冷面搓搓还是那么顶饿，必须来碗面汤，原汤化面，才好消化，所以上了年纪的父亲就不能吃太多了。再几年工夫，母亲再也不能做冷面搓搓了，一是做饭速度跟不上了，二是他们年纪大了，吃了不容易消化，也只能做些面条，还要煮得糊糊的，才吃，说起冷面搓搓，就只能摇摇手了。

那次到朋友家里，刚赶上了饭时，一问竟然是冷面搓搓，便毫不客气地咥了起来，多年没吃了，第一次感到冷面搓搓的硬度，也没敢多吃，只吃了一碗，可回家之后，明显感到肚子里那块面食依然，只好到广场上运动了半天，回家又吃了些健胃消食片，这才感到舒服了些。看来父亲说得很对，冷面搓搓是给干重活的农人准备的，我们这些跃出农门太久的人，还是无法消受这难得的美食了。随着城镇化不断推进，机械化耕作日益完善，越来越多的人将告别繁重的体力劳动，这种冷面搓搓吃的人越来越少。但我不感到惋惜，这正说明了社会的进步，和人们对美好生活的向往。

2016年11月4日

菜园纪事

◎赵玲萍

小时候常和母亲到菜园里去。母亲挑肥,我帮着拿工具:锄头、镰刀,还有装猪草的篮子。种辣椒时要用草木灰拌辣子籽,种大蒜时要把地面分成一垄一垄,等距离栽进去,不能深,不能浅。后来学着用铁锨翻地,用瓢舀水浇菜,给西红柿、黄瓜搭架,给辣椒间苗,为青菜捉虫。豇豆如缕垂挂,黄瓜顶花带刺,红薯绿蔓莹莹,西红柿红颜姣姣。天擦黑的时候,我们常常满载而归。一捆猪食的苦曲草,一抱引火的作物秸秆,一篮明天要吃的蔬菜。

种菜是辛苦的,翻地、施肥、浇水、拔草、捉虫。但眼见菜苗长大又开心欣慰。种菜看似简单,要种好也非易事。施肥、选种、埋土深浅、株距、行距都是个事。农人凭借多年营务经验,心里都有个数。妇女也常常聚在一起交流,相互帮助、提醒。菜园供给一日三餐菜蔬,营务着女人对一家老小切身的爱。

人勤地不懒,菜园便成了乡村最美的景。

秋天的泥土衬出了各种丰收的味道,四处飘散瓜果香甜。田埂地畔,房前屋后,流溢着另外一种喜人的味道。

红艳艳的辣椒和苗壮的枝丫绿影密集交汇,形成一排排红裹绿、绿裹红葱茏的矮墙,织成一片红红绿绿绣得精致细密的彩色毯子。这红与绿的交集,沉甸甸的,融汇了太多艰辛汗水。鲜红嫩绿的辣椒修长的身姿影影绰绰,在枝丫间隙里,一串串,一嘟噜,闪烁着夺目的光泽。

油泼辣子大家都熟悉。将晒干的红辣椒碾成辣面儿,用煎油一泼。"吱啦"

的声响，油的煎热激发了辣椒的醇香，色泽艳丽，香辣袭人。陕西八大怪，油泼辣子就是菜。不少人很能吃辣椒，面条像是被染红了。吃得人满脸通红、大汗淋漓，才觉过瘾。佐以鸡蛋或肉炒辣椒夹馍也好吃。作为调料，辣椒不可或缺，更是很多人舌尖味蕾乃至心灵上的美妙享受，离开了它，即使山珍海味，也觉得没味。没有辣椒，有人连饭都吃不下。

还有新鲜可人的白萝卜。泥土里的半截白白嫩嫩，露出地面的鲜绿葱翠，头顶丰茂的叶子。满是泥土味儿。怀孕时，独对这带着土腥味的白萝卜情有独钟，有好心女同事巧于厨技，多次给我拌过新鲜脆嫩的白萝卜丝，以孕妇之名，不顾吃相，大快朵颐，念念不忘。

萝卜切片烩菜绵甜入味，切丝清炒有种亲切的醇香。完全农家泥土味儿，上不了大桌面，又有人说白萝卜是"生克熟补"的小人参。

今年菜园种了南瓜。南瓜橘红，绿色的把儿。悬挂于架上，赏心悦目。想要摘一颗送给我珍爱的好友分享，美味与否尚在其次，只是看着色泽娇艳，形态可爱，让人心生喜悦，愿与友人一起莞尔一乐。然与友相距甚远，不得常见。想要快递了去，怕这娇美的颜色经旅途颠簸三五日后不再新鲜。恰逢琐事经过友人居住的小城，便携了南瓜车马劳顿，办完事情意欲以南瓜相赠。无奈寻友不遇，赠南瓜未遂，不免扫兴。也罢，留影存念，回家蒸南瓜吃掉。想来架上还有两颗小瓜，茁壮明亮初长成，待到个大色红，再摘再送。

又想起了夏天。雨霁天晴，经过菜地，新生的青菜破土而出，万头攒动。松土拔草细耕耘，一枝一叶总关情。菜清香，风清新，花烂漫，鸟鸣唱，虫弹琴。清露流转，新枝拔节，叶芽对语，豆角爬蔓，花开无声。菜见风长，草随雨生。水灵灵的碧绿，一区一畦。匍匐的茄子亭亭如盖。不经意，辣椒又结了许多。

菜地明年还种。

2016年11月8日

定边的秋天

◎谷 子

定边的秋天最美。

刚过了漫长的狂风乱卷、塑料袋满天飞的春天,才结束干烈的太阳晒得胳膊出了疹子的夏天,秋天就来了,来得有点迅速,有点悄无声息,有点不动声色。忽然,天就高远了,空气就清透了,温润了。一大朵一大朵的云,也温和了,懒散了,有一搭无一搭地飘着,完全没有了风驰电掣的狂暴,根本不担心一场无厘头的骤雨。踏踏实实地、无比惬意地,走在哪里,都像是走在画里。

看吧,一望无际的黄土坡,是上天绣制的织锦。颜色均匀递进,一层一层晕染,一点也不突兀,一点也不扎眼。那疙梁梁、坡峁峁、沟壑壑、土塬塬,都被填平了,被抹匀了。粉红色的是荞麦,黄澄澄的是糜子,葱翠的是小白菜,垂挂着的是大红的苹果,低下去的是西红柿。在清风的跌宕中,殷实饱满的果实此起彼伏,荡漾着厚重的波浪。

玉米的穗子齐齐的,平展展的,像是被园艺师修剪过,它们经过秋阳的润养,将更饱满,更圆实。远处高一点的是树,浓绿的叶子,飒飒作响,过不了几天,它们也会变成金黄、赭红,然后像毯子一样铺在地上,化作泥土,让感伤寥落的诗人去吟、去诵、去抒写诸如化作春泥碾作尘的诗句。低一点的嫩翠的是卷心菜、大白菜,或许哪一个清晨,就会变成菜市场的抢手货,被三轮车、自行车运到各家各户,变成婆姨们腌进缸里、坛子里的酸菜。

小毛桃轻轻在枝头摇摆着,远远地招人喜爱。如果不怕毛毛的痒痒,你就那么吹一吹放在嘴里,这才是地道纯粹的秋桃味啊,超市里反季节的桃子能比吗？科学只可以解释自然，不能改变自然。挂了霜的葡萄，像是红得发了黑发了紫的面皮上扑了薄薄的一层粉，成串成串地紧紧挤在一起，极是可爱。玉生烟是什么样子？或许就是这若隐若现欲遮还掩的含蓄吧。

也有细雨蒙蒙的时候，整个山乡都被笼罩了。雨珠不大、不密，也不紧凑，就那么散散漫漫，雾雾的，有心没肺地下着。就是这零落的雨，也勾起了些许多愁善感的意绪来，朋友圈里，湿漉漉地晒出些闲愁，晒出些淡淡的感伤和思念。不大一会儿工夫，天放晴了，穿了夹克，还有点凉。真的是一场秋雨一场寒呢。

最好看，还数远眺。很高很蓝很远的搭着几多闲云的天空，绿森森的玉米林以及林中隐隐现现的房屋，贴着林稍的几缕轻烟，再配上近处的花，还有那一两株枝杆硬朗的狗尾巴草，才是一派完整的秋色。柔和的阳光，在风中颤抖的稀疏的光影，荡漾在四野里的草木浓香，还有弥漫着整个秋天的悠远又厚重的气息，丰收后农人脸上的踏实与肯定，分明就是一幅肃穆、悠远、恬静而又温暖的五谷丰登图啊。

我不知道在别人的秋天里是什么感觉，是什么意境，只觉得定边的秋天，原来也是这么的风韵，这么的袭人，定边的秋天，原来也可以这样让人眷恋。

眯眼享受一番，不免就有缕缕温柔泛起来了。是啊，这就是定边的秋天啊。

红墙依依的村庄，就有我的家。我曾经就在那片玉米地里，扛过锄头，薅过杂草。我就是没有走出故乡的故人，我就是不再在田里侍弄庄稼的农人，虽然春华秋实和我有了隔断，但丝毫不影响我很深的乡愁。这片土地的深度和密码，在我脚步紧实的丈量和手指无所作为的拨拉里，都深深刻印在心上，变成了我一生的胎记。

世界上最绝妙的丹青手，画出了多么美的秋色图，能画得出我心里的定边吗？他人的秋天多么有深味，比得过定边的意韵吗？在他人的秋色里走走，好是好的，依恋是依恋的，终究深爱的，不还是定边的秋色？哪里的能美过定边？不是吗，我眼前的秋色，是定边的秋色，更是我的秋色。而你们画的，你们的秋色，仅仅是你们的。

这是我坐在高高的阳台里，望向玻璃窗范围里的秋天，做的一番凭空冥想。我不知道世界有多大,我不知道这个秋天带给我的惶惑有多深。我只知道,被这种感觉吸引着、引诱着、怂恿着,想做一番深情表达,心却密密实实地被网住了,动弹不得。这种感觉只能意会,说不出,写不出。这是一个秋天的画面,是一个短暂的瞬间,这又不是一个短暂的瞬间,不是一个季节,是时间轮回里的欣喜和悲悯。

我以盘腿坐在地垄的姿势,坐在阳台上,写着我的心情,能写出多少就写出多少。

2016年11月9日

风雨老墙

◎白万伟

每回故乡，都要搜寻、拜访几堵老墙。这些老墙，经历过自然与岁月的风雨，虽大都颓败斑驳，但寒来暑往、春去春回，它们如倔强的卫士，不屈挺立；如暮年的老者，静静垂老。老墙是世事的见证，是故乡的符号，是游子心中不老的乡愁。

老家院墙是一堵石墙。那些石块不知何时从何处选拣，经何人之手错落垒垛成墙，赋予了守家护院的神圣使命。年复一年，默然矗立；几代更迭，不离不弃。耕作归家的祖辈、父辈，时常从山里抱回几块漂亮石头，更换旧石，用心打理筑高老墙，心怀感激和爱怜。如今老墙已然倾斜、松动，可依旧忠实存在。

遥想，墙根下几株月季正红，一群鸡雏叽喳滚动，一家人围坐墙内吃饭、聊天，其乐融融。路人在墙外走过，脚步声声；偶尔冲院内喊上一句"吃啥好饭"，算是打过招呼。而我最喜欢以墙为隐蔽，坐在葡萄架下听听歌、读读书、发发呆，透过石缝望望墙外，心如止水。有时会将年少的心思写成字条，塞入石缝藏起；现虽已不知所踪，或化作烟尘，但心中犹记。

墙内的桃花又开，墙上的藤蔓又荣，墙头的小鸟又唱，墙缝的草藓又青，墙依旧，时已远，人已变。昔日的孩子已长大成人，曾经需仰头可见的老墙，现已可与之平视，伸手便可触到墙头；父母日益老迈，在永不长高的老墙跟前，显得佝偻低矮。老墙是一把标尺，丈量着儿女的成长和父辈的老去，不由感慨良多，心觉凄然。

老墙，固守村里，风吹雨淋，霜打雪渍，承载着数代记忆；一堵墙，就是一段历史，一堆故事。因此，我愿长长驻足墙前，轻轻触摸、细细找寻岁月的痕迹，聆听过往的回响，感受现实的沧桑，心中满是怀想和敬畏。

墙，最宜用来涂鸦。信笔题诗作画，那是古人的闲情雅致，我辈自达不到；可恣意写写画画，倒是常有。几乎所有墙壁都是孩子的练笔墙，用各色粉笔写的算式、古诗、单词依稀可见；也是孩子闹矛盾时的泄愤墙，各种解气经典的骂人话语多年不变，回想自己也曾如此"墙骂"过那个看不惯的张小三。

临街、路旁的墙壁，大都被当作了标语墙。赭黄色的"以粮为纲、全面发展"，淡蓝色的"只生一个好"，暗红色的"团结紧张严肃活泼"，这标语如印章一般，为老墙重重打上了时代的烙印，昭示着墙龄。漫步村里，再读标语，大有时光飞逝之感，仿佛放电影般穿越于不同时代，激起无尽遐想。

老人说：村里当街的老墙，在抗战时期曾挡过鬼子的子弹；唐山大地震后余震不断，墙头放置的碗时常蹦跳起来，成为地震预警；每家院中都建影壁墙，有镇宅避邪祈福之寓意，也私密了家中的生活；山里耕地少，修田造地时筑起的石墙，保护了几代人的口粮；村口磨坊的屋墙下，曾是小年轻约会谈情的场所；一家两院中间一墙相隔，那是兄弟分家或两家矛盾的隔断。每堵墙都有故事，轻轻一碰，便随着窸窸窣窣掉落的墙皮，娓娓道来；墙在原地，可故事的主人公却恍然已成过去。

我爱拿起相机，拍下这些老墙，生怕有一天它们会在岁月侵蚀中坍塌、消失。最让我心动的构图是，留守老人坐在标语老墙下，下棋、听戏，看管幼小的孙儿、重孙，或静静地乘凉、晒太阳，眼神淡然。老人与老墙相互为伴，倾听、感知风雨，一起走向时光的下一站。

2016年11月11日

大伯天赐

◎冯旭红

人一出生，就有了日子，日子累积为岁月，或长或短。人一死，日子被墓碑斩断。不经意间，大伯已去世三年。

大伯冯公天赐，生于1938年腊月，卒于2013年8月，享年七十有六。

大伯的劫难里印记最深的，是他儿时的摔跤和晚年跟钢铁的"切磋"。大伯小时候特别聪明，两次跤摔成了残疾。一次是从几十米高的坡上，一次是从十几米高的树上。贫苦人的伤病和动物一样，靠自愈，或者说是自生自灭，躺了十几天后，大伯醒过来，从此人痴了很多，听不着声音。后来，"聋子"或者"聋子天赐"，就成为乡人对大伯的主要称呼。

或也因此，大伯是兄弟四人中成家最晚的，四十岁时才娶妻。六十岁，大伯摔伤了膝盖骨，进医院做手术，膝盖骨打了钢卡子。直到钢卡子磨破肉皮露出来，才知道忘了再去医院取出。拍片，卡子已深深长入骨肉，不能取。就这样，大伯还是家里地里劳作不误。在这一次与钢铁的较量中，大伯节节败退。先是拄着拐，最后和儿时摔伤一样躺下了，与儿时不同的是，他再没有起来。

"半世编弹名千古，一生辛勤归极乐"。这是父亲给大伯写的挽联。它基本上概括了大伯的人生。"聋子天赐"的称号有乡下人没啥恶意的取笑，但它能在乡里区里叫响，甚至受人尊重，却是大伯靠手艺、靠做人立起来的。编，是指桃、竹、柳、芦等草木编工，蒲篮、簸箕、篮子、笼子、背篓、筛子、席、绳、鞋、笋……这些农家日用，大伯都能编，而且因为手艺好、人实诚，编的东西好看耐用，农人们都喜欢。最初不兴买卖、不付工钱，他常被人请去编篮打席，好吃好喝待着，回来再带些吃食。随后也编着卖，物美价廉，多是还没到铁峪铺集上就卖光了。直到现在，许多人家里还有大伯编的东西。弹，是弹棉花、织网套。这个手艺，会的人很少，如今整个丹凤，也许就剩县城的两三家，而且是机器弹织。弹棉花的那个大弓弦，得有力量扛起它。弓弦接近棉花，木棒锤敲打弓弦，弓弦振动，弹起棉丝——黄宏主演的抗日喜剧片《巧奔妙逃》里有这些情景。不停地敲打，移动，敲打，"嘭，嗡——嘭，嗡——"，在简单的弦乐声中，棉花丝丝站立，蓬松齐整。最后再交织压线，制成棉网套。说是弹棉花，其实过去很少有人能用上新棉花，基本都是用旧网套棉，这就更费力费时。弹过的棉花做成的棉被，盖在身上轻柔温暖，除阳光、空气、音乐的注入外，应还有弹棉人、织被人热乎乎的精气神。编弹是大伯的主要技艺，但并不是全部。大伯还是木匠，家里的家具，基本都是他做的；大伯会吊挂面，人们冬季会请他吊面；大伯会盘灶、垒火炕……祖父会的，大伯都会；祖父不会的，大伯也会——很多技艺，他见过就能上手，并且做得极好。

　　大伯是个好农民，好手艺人，他和许多中国人一样，善良勤劳一生，可并没富起来。但残疾而贫苦的大伯，却在远近立起了身名。大伯是文盲，没知识没文化，不懂啥叫志气，也没啥志向，但从大伯身上，我读到了"人穷志不短"。不对，所谓"人穷"，只是我们的偏见而已——大伯确实一直不富，但他从来都没觉得自己穷。扶贫、低保、助残等政策，大伯家是村民公认最应享受的，但是大伯不闻不问，不争不要。一个被人需要、能够给予的人，会是穷人？有不离不弃的哑妻，有健康懂事的儿女，有聪慧好学的孙子，有向前向好的日子……有死后亲亲邻邻、四乡八党的冒雨祭奠、抬棺相送：大伯拥有属于他的富足。

　　三年祭在乡下算是喜事。我们到大伯坟上请灵，请他回家享受献祭。见堂弟已请匠人给大伯的墓修了门庐，门庐上嵌着墓联。上联：一生勤劳留典范，下联：终世俭朴遗佳风。对大伯这位普通得不能再普通、平凡得不能再平凡的农民、工匠来说，似乎有些过誉。但数数大伯走过的日子，它的坚硬结实，倒也撑得住这门庐。

2016年11月15日

开学报名

◎王 洵

外甥高中毕业，考了个大学专科。妹子和妹夫虽不如意，但也算供出了个大学生，完成了阶段性任务，于是两家小聚，权当祝贺。

席间，我举杯说不管咋样，到大学总可以学一技之长，现在社会缺的也是动手能力强的专科人才，就业形势还是乐观的。再说也是人生的新阶段，可喜可贺。妹子和妹夫闻言宽慰了很多，但没喝两杯，妹夫又愁上眉头，说过两天就要去学校报名了，但这孩子非要自己单独去，不让我们陪同。开学一交学费就是七千多，你要自由独立能理解，但好歹我们也算投资商吧，总要看看投资成果见见学校嘛。再说，你爸妈就那么丢份，陪你去让你没面子吗。外甥假装充耳不闻，可劲吃菜。

此情此景，不由想起自己大学报名时的情景。

二十多年前，自己考上省城的一所重点大学。虽说家里贫困，父母都是老实巴交忠厚之人，但当年在小县城还是很让家人骄傲。临近开学，父亲几次吞吞吐吐提起，要报名了，那些被褥怕有些沉，到时我们帮你背着吧。每到这时我的虚荣心总会悄悄滋生，总是自负地说不需要不需要，自己一个人足够了。母亲是家里的主心骨，总会大气地笑着说，就让孩子一个人去吧，也长大了，锻炼锻炼也好。父亲唯唯诺诺，不再言语。

报名那天，父亲母亲奶奶，还有大姐妹子，推着自行车驮着行李送我到汽车站。父亲将被褥行李提上车，一再叮嘱司机多加照顾，这才恋恋不舍下到车旁。在殷切的期盼中，汽车缓缓开启，一家人挥手道别。隐约中我似乎看到父亲稍显失落的眼神。

大学期间，虽说县上距离省城不算太远，但由于家里经济较为窘迫，除了母亲一次路过学校曾来看望外，大学四年家人没有机会一睹学校的面目。

大学毕业后，工作原因我一直奔波于省内各地，一段时间竟连单位总部所在的省城都生疏了。那年国庆，应该是毕业七年后了，趁着朋友车方便带着父母到省城逛逛，也算尽点孝道。在省城最繁华的中心商圈转了半天，正商量下午去哪里，父亲突然低低冒出一句，到你上大学的地方看看吧。我瞬间愣住。

于是，我带着父母，再一次来到我曾求学的大学校园。绵绵的秋雨里，父亲和母亲认真看着我当年居住的宿舍楼、上课的教室、读书的图书馆，开心地听我讲求学时的琐碎往事。蒙蒙雨雾里，矮小的父亲挺直了腰板，整个人似乎高大起来，神情里流露出我从未见过的骄傲和自豪。

外甥的敬酒声将我从往事里拽了回来。喝酒之前，我恳切地对外甥说，不管上了咋样的大学，这都是你人生一个全新的开始，未来精彩与否都要靠你自己来奋斗了。另外，我顿了顿，即使你上的再烂的大学，在你的父母心里，那都是最好的大学，报名那天都是他们这辈子最骄傲光荣的时候！这和你的独立自信无关。说完，我一饮而尽。

后来，听妹子说他们再没提陪着报名的事，但报名那天外甥自己开了口，最终，全家人一起开心地去学校报到了。

2016年11月18日

写给外婆

◎钱尹璐

时间过得真快,您已经离开我四十九天了。但细细想来,我和您不止四十九天没见。自您重病,我也一直在二胎孕期,带大拖小,父母亲戚一再告诉您我要带孩子所以不能常来看您,也一再告诉我带好孩子就能让您放心。我照做了,您也如愿见到了第四代的第二个重孙。我想您,正如您在弥留之际也那般念我一样。

咱俩的最后一次见面是在8月13日早上,您拉着我的手,要看龙龙和悦悦的照片,短暂的见面竟成了最后的回忆。

记得我牙牙学语时您就教我背唐诗三百首,那本蓝色封面的唐诗被咱俩翻得破破烂烂,不知不觉中我都背会了。正是您的孜孜不倦,培养了母亲和舅舅,带动了我和弟弟妹妹,咱们家一水儿的高学历,博士后博士硕士都有。

当了一辈子灵魂工程师,培养了无数学生,您却活得相当真实。我喜欢听您讲您被打成右派带着舅舅住牛棚的故事,也喜欢听您絮絮叨叨妈妈和舅舅们谁对您知心,谁对您知己,谁对您既知心又知己。从小到大没想过有一天您会离开我,在家里看到您的遗照摆在那儿,我始终都觉得云里雾里的不真实。

但终究您走了。短短的四十多天,我梦到您两三次,您都在抱怨我:您这死女子,也不来看我,在医院不来,回家了也不来。梦中的我都对您笑着说,今天我来了,看您来了。您晚年一直为职称遗憾,您没评上的,我来替您弥补,努力评到正高,您放心,保准您打小教的唐诗不白念不白记。还有您挂心的龙龙悦悦,您也放心,我已长大了,成俩娃的妈了,小时候的毛病和脾气也改了,能带好他们,还有我爸妈公婆帮忙,一起努力,俩孩子一定能健康成长。您在天堂好好的,我会在梦中常去看您。我们就像以前一样,一直互相记挂着,记挂着。

2016年11月22日

古镇棣花

◎舒 敏

　　棣花古镇上曾是有着棣花古街的，现在却没有了，代之而来的，是一条名曰清风的街。一位作家，一部《秦腔》，消失了棣花古街，新兴了清风街，也许，这是文化的魅力。

　　清风街一街两行整齐地放着不少粗瓷老瓮，瓮里有绿油油的叶片密密麻麻地朝天伸着脑袋，弄不清是水葫芦还是睡莲。

　　街面中央，一只小狗安逸地半躺在路中间，不谙世事。蹲下问它何以要躺在路中间，它不说话，只用圆圆的眼睛很无辜地看定你。

　　清风街头有棣花驿站，白居易先生曾两次在此下榻，有诗为证："遥闻旅宿梦兄弟，应为邮亭名棣花。"棣花驿站历史悠久，据说建于春秋年间。

　　千亩荷塘的荷不经意间就走完了它人生的黄金时代，虽然大多还绿着，还不能算是完全的残枝败叶，但毕竟绿得不够娇艳妖娆，不够激情蓬勃。

　　棣花东街上有个二郎庙，曾是宋金分界线。宋金街上有个袖珍月牙泉。

　　去古镇多半是奔着贾平凹旧居的，当然还有他的发小刘高兴。高兴正在大兴土木搞家园重建。不知他是刘高兴，上去就问："去贾平凹家咋走？"高兴就有些不高兴，说："你在我高兴家，咋只想着贾平凹？"

　　高兴家墙上不少字，贾平凹有两幅，一是"高兴生活，健康人生"，一是"哥俩好"。

　　贾平凹旧居门前，是那块有名的丑石。丑石对面和旁边的两个院落里，有对贾平凹文学及书法的各色详细介绍。

古镇上小吃不少。风雨桥不远处正在施工，耳畔叮叮咚咚，满眼皆是裸露的黄土。

巷子里散步的狗不少。棣花古镇的景色，跟城市公园的好多地方没法比。依我看，眼下的棣花算不得美，但我知道，对好多人来说，棣花这个地方非去不可。因为这里有城里没有的山、城里没有的人和城里没有的故事。

碰到一位脚步匆匆的村民，知道我们正在寻找平凹旧居，一边给我们指路一边小声嘟囔说："你们这些城里人真怪，贾平凹家倒是有啥好看的？"的确，好多时候，人真的是一种不可捉摸不可理喻的奇怪动物。

还在建设中的棣花并不很美，但棣花这个地方，怎能不去呢？尤其对一个容易被文字打动的人来说。

其实，棣花有什么呢？似乎也没什么。也许，将朗月青山与金戈铁马，出彩人物与凡夫俗子，历史传说与人间烟火一起杂糅，也就是棣花了吧。

2016年11月23日

城墙记忆

◎ 胡 颖

清晨,当第一缕阳光叫醒城市的时候,城墙欣然享受了这光线的美好。浅粉与淡橘、青砖与素瓦在这一刻静默成城市的第一张照片。

儿时的印象里,城墙很高,亦很严肃。经过时仰头看着它,总觉得像一位不苟言笑的先生,随时捕捉我们这些孩童身上的顽劣之气,不亲近,甚至觉得距离远。

求学时期,学校离城墙颇近。要好的几个女孩子有时相约着跑出来溜达,脚步一滑,就上了城墙。脚下的青砖不很平整,踩上去疙疙瘩瘩。幸好那时的我们全是校服、白球鞋,任你再怎么不平,我们一双奔跑的腿总会在这里找到撒欢的地方。手拉手张开摆成大大的"一"字,将整个道路铺排得满满的。然后"一、二、三,跳",我们将自己的青春定格在这一跃的时刻,脸上飞扬出无畏、自信还有小小的桀骜。记得每隔一段都会有游人上下的通道,不同的人上来下去,难得走完全程。我们这些没心没肺的学生妹会走走停停、玩玩闹闹。有时周末不回家,一下午的光阴就在这里消磨掉了。累了,我们就坐在矮墙上看夕阳。橘红色的圆球就这样与我们对峙,眼睛直直地盯着一点不觉得刺眼。那圆球并不和我们计较,渐渐移动下沉,旁边的云彩愈发光亮,是织女的织锦亦是五彩瑶池的水泊。年少的时光不知道什么叫累,觉得还没有怎么走已经到达尽头。一个个叽叽喳喳,惹得一位中年人笑着说:"不知道累呢!把城墙都吵醒了!"当时的我们并不在意,今天回想起这句话,竟觉得很诗意呢。难怪歌词里唱西安:"一城文化半城神仙!"

蓝天下的我们还不懂得欣赏古建筑，不明白为什么那么多高鼻子蓝眼睛的外国人爱在这里走动。我们只知道这里豁亮、轩敞，无人打扰，是城市里和阳光离得最近的地方。我们唱老师刚教的歌，我们追逐飞得最高的风筝，我们也在这里谈梦想：毕业了，我们会去向何方？

时光悄然，当年的小姑娘已为人妻，为人母。每每经过城墙，总会记起和小伙伴们在城墙上撒欢奔跑的时光。

无论城市如何变迁，城墙依旧在那里。其间的几次修缮让他焕发出蓬勃的生机，青砖不复晦暗与沉重，多了几分明亮与柔和。几处裂缝沉降之处，也在文物保护部门的精心修复下安然生存。站在挡板外，看到木板、铁棍与钢索配合斜拉支撑着城墙的站立姿势，第一次觉得搭建的木梯和纱网丝毫不会减损城墙的美，就像我们永远不会嫌弃一位勇武将军的苍老，即使迟暮，依然会获得百姓的尊重。有一位长者在挡板外喃喃自语："老啰，该修修补补啰！"

而在我心里，城墙从未老去。

春日里，友人从外地到西安游玩。吃罢晚饭，我们出含光门右拐进了环城公园。一股花香迎面飘来，夜晚的景观灯斜斜地映照在饱满的花朵上，近前看是五朵花瓣，叶片呈椭圆形，淡淡的黄色，有桂花的清香，还有茶花的馥郁。惭愧的是我并不知道花的名字，它盎然地开在四月的天气里，幽香阵阵，恬淡如莲。一路行走一路花香，进入"西安城墙全民健身示范区"健身步道，活泼的朋友立刻来了兴致，脱下鞋子走在鹅卵石上，来来回回，展颜欢笑。已经是春日，踏在石上并不觉得凉。石头磨在脚底板，刚开始有些不习惯，渐渐感到脚心发热，颇为舒服。"还记得吗？我们上学的时候在城墙上玩儿？""当然记得，几个女汉子！""你住城墙根多好啊，天天可以看见它。"的确如此，每每离开一段时间再次回到这座城市，总会先看到城墙，像老朋友那般熟悉和亲切。

朋友拍了许多城墙夜景的照片，锻炼的人们剪影映照在城墙上，也收入了她的镜头。她说："这里的人们这样热爱生命，还有城墙相伴，真是好福气呢！"谁说不是呢？城墙的防御功能搁浅了，他以另外一种方式护佑他的子孙。即便默然不语，却始终悄然守护。

记得有人说：每一个城市的灵魂，都承载着居住者的记忆和性情，他们的喜怒哀乐，汇聚成了城市的气质。城墙是古城的灵魂，也是我们青春时光的见证。

2016年11月25日

万物生长

◎ 胡宝林

从城里医院回到老屋，母亲躺在了炕上。

屋内阴凉，母亲盖上了被子，眼睛睁得大大的，看着天花板。一片岑寂。墙上的年画，柜上的杯子，箱子上的衣物，角落里的鞋子，以原来的姿势站卧，安安静静。唯有柜上的时钟的声音，异常清晰，冷峻如往。老屋，就这样容留了从医院归来的母亲。医生说，躺过春天和夏天，她的身体才有望恢复，不再疼痛。

无法行走的母亲躺在老家的土炕上，而屋外，春天正在发生。

地里，大片大片的青麦正在生长。这是青色的海，麦子的海。这海，从小河边漫上山坡，跃上一层一层的梯田，奔涌着，直上山梁而去，与蓝蓝的天空相互激荡。那绿色的海，是一年中，这个山沟最博大的色彩，含蓄着一种似要溢出的激情。麦穗还未出头，日光在一片片叶子弯腰的节点上反射，像无数的星点。一颗叶片上的露珠，亮晶晶的，耀眼成一颗太阳。细看，一片片长长的韭叶似的绿叶，在拽着细细的麦秆拔节。一节，两节，那叶子仿佛等不及麦秆迟钝的成长，把自己高高长长伸展开来，比麦秆还高。谷雨前的这个晌午，山沟里亿万株麦苗，就这样被数亿片叶子拽着，拔开骨节，朝天生长，仿佛要把这片绿色的海拽向天空。

河道里，一片静谧。野草们得了水的滋润、阳光的关照，一株株，伸长脖子，张开双手，在进行绿的无声的合唱。河边的老杨树，笔直地刺向天空，叶片像梦幻的精灵一般，挂在老树枝上。老杨树，又抽出了新尖，拔节向天。远远看去,像笼了淡淡的黄纱。雍峪河,流淌在树荫、草丛簇拥的谷道。水头,将一节节的水流从山里拽出,越长越长,无声地向北逶迤而去,像白练。几只鸟儿,仿佛是为了衬托这晌午的寂静,在枝头鸣叫。偶尔,幼鸟跳起,振翅平飞,幼鸟脚上与翅上的骨节,也在这个春天拔节。

春天在身外发生,万物拔节生长,生机勃勃向高处向远处行走。而母亲躺在一片寂静之中,被疼痛软禁在土炕之上,只能任思绪的天眼在庭院、村野漫漫游走视观。迷迷糊糊中,所有的一切都恍恍惚惚、迷迷离离。忽然,她看见,一株枣树开着小花儿,向天直长,长,长,挺拔的身躯越过山梁,直向天上的云朵长去,周身的骨节嘎嘎作响。母亲平躺的身躯,也在长,越长越长,从秦岭根,一直长到渭河边,又越过渭河,向北原长去,她的骨节也在簌簌作响。母亲从来没有见过这么长的自己。

这株枣树,似曾相识。母亲还是个小姑娘的时候,也像屋旁的树、地里的麦、路边的草一样,在春天这个时候拔节生长。那是一个小女孩又惊喜、又害羞、又慌乱的年龄。阳光照耀,她的身体内涌动着不可名状的热量。她的骨节簌簌拉开,个头噌噌上蹿,原先的衣裳短小了。她从一个懵懵懂懂的小姑娘,出落成了一个大姑娘。外婆说,你长得比家门前的枣树还快。几十年过去,老屋变成麦田,外婆长眠于东坡,枣树不知去向何方。母亲在梦里一次次寻找,今天终于找见,原来,原来它长到天上去了。

世间好多东西的生长,都是从地往天行走,像河边的树、草。还有一些东西,与天地平行,从此往彼行走,像门前的山梁、小河、大路。唯有人,白天,竖立天地之间,从地往天生长;晚上,却与天地平行,从脚往头生长。现在,母亲在白天只能和在黑夜一样。

当身躯越过渭河的时候,母亲倏然一惊,为自己飞一样的生长惊奇。她一下子醒了,回到现实中来。其实,到了六十岁,无论竖立还是平行,无论白天还是黑夜,她已不再生长。她的身体,已经达到了自己的限度。但是,今春这番髋部难忍的疼痛袭来,在城市的医院拍 X 光片、做 CT、核磁共振之后,医生指着一张张大大的片子说,腰椎间盘突出、骨质增生,这是所有疼痛的来源。

蜿蜒北去的小河,腰身那么长,腰椎间盘突出那么多来回,也没见喊疼,留下的是优美的曲线。从秦岭延伸出来经过门前的山岭，几十里长的身躯，骨质增生一段两段，也没见佝偻，跌宕的脊线反倒更加生动。但是，和小河、山梁共度岁月的人不一样。少女时代的春天，母亲身体生长，带来的是惊喜。尽管，骨节生长时，偶有疼痛，但很快就过去，从不曾在意。而今渐近老年，身骨一点点些微的突出和偶然增加的生长，带给母亲的却是钻心的疼痛。

春天，万物生长，母亲曾经青春的身躯却不堪一点点腰椎骨头生长的疼痛。她在向老年过渡的门槛上站立不稳，疼痛难忍，只能躺在草木生长的春天里。但母亲没有喊出来，在漫长的生活中，比这更为疼痛的疼痛都没有击败过她。一个农妇的坚韧，有时超越人们的想象。

我，那个曾经在院中奔跑的男孩，站在院中，看着绿树，想着母亲。

2016年11月30日

富平柿事

◎祁云枝

是一幅取名"柿事如意"的照片，吸引我专程赶往富平的。

画面上，削了皮的红柿子，珍珠般串起，并排悬挂在用橡头搭起的架子上，一面又一面。串串橘红色的柿子士兵般列队，站成了红彤彤的柿子墙。柿子山前，忙碌的村民，熟练地打着转儿削柿子皮。旋落的红色柿皮条，一缕缕从手边飞起，袅袅娜娜地落在一旁，颇有"谁持彩练当空舞"的意境。

震撼的柿子墙，质朴的笑容，都让我心驰神往。

走进柿乡曹村，果真就走进了这幅画。

村落里，柿子墙这里一面、那里一片，比赛似的，晾晒着甜蜜和喜悦。柿子们鼓胀着红色的脸膛，一副热情的模样。金瓮山红了，脸颊红了，衣衫红了。心情，跟着灿烂起来。不由得感叹，秋天，原来可以这样酣畅淋漓哦！

酣畅淋漓的，还有富平柿子的口感。柿树上那些没有被摘下来，直接变软成熟了的红柿子，宛如一掬红色的蜜汁。在蝉翼般的表皮上撕开一个小口，直接吸食，如吮蜜吸糖。

和柿子相比，富平柿饼的口感更好。一口咬下去，它会微微抗拒你的牙齿，然后绽出糖浆，内里的糯、甜、香，会挨个儿和味蕾言欢，激荡起回味无穷的涟漪。

富平柿饼似乎清楚，它们的甜蜜里，一定要有风霜的砥砺，有雨雪的洗礼，还要融入人类的汗水和智慧。这好品质，就像一个人拥有的功夫，要"外练筋骨皮，内练一口气"的。那些速成的柿饼，弄虚作假的柿饼，尝一口，就知道功夫没有到家。

风来霜往。场院里那些削掉皮悬挂起来的柿子，开始去了桀骜，由硬变软，表皮和内里，就都成了蜜色。再经历几段秋阳，几段风霜后，柿子里的水分荡尽，一个个瘦弱下去，颜色也越发深沉。小雪节气来到时，柿子的表皮上，便有白色的粉末浮起，这是柿子中渗出的葡萄糖和果糖的析出物，像一层霜雪做的衣衫。

到这个时候，当地人会将晾晒好的柿子收起，放入一口口大缸里回软。待变软泛红后，用双手捏成脐脐相对的饼状，至此，柿子们便拥有了另外一个响当当的称呼：合儿柿饼……

世间美好的事物，大抵和柿饼一样，都是经历过艰辛与磨砺的。

来富平前，我看过资料，未见柿树已先慕其名。据日本吉野市柿子博物馆记载：世界上柿子的主产国是中国，柿子的优生区是陕西富平。富平县志载：明朝万历年间，太师太保孙丕扬，曾将柿饼和琼锅糖作为贡品，进献过神宗皇帝朱翊钧。

读来，颇让陕西人自豪。

富平柿子，除过作为吃食，还可以变成酒、变成醋、变成茶、变成药，等等。小有名气的富平柿子醋，对于爱吃面食的老陕，就有着难以抗拒的吸引力。午饭时，吃到的凉菜和汤面条，就是用当地柿子醋调制的，口感的确醇香。

作为我国久远的乡土树种，柿树，在土壤里易活，在诗行里，也扎下了根。

大诗人韩愈，曾为柿子"魂翻眼倒"："然云烧树火实骈，金乌下啄頳虬卵。"读来，夸张而又神秘。相比之下，北宋孔平仲眼里的柿子，要美丽风情得多："为柿已轻美，嗟尔骨也柔。"这柿子，是不胜娇羞的美女，读罢竟让人不忍再食……

金瓮山上那些红彤彤的身影，在西斜的阳光里，如烟霞，和天空的飞云辉映，美丽得让人喘不过气来。

整整一天里，我的目光，一直在火红的柿子上，带着我的心激动地游走。我想象不来南宋画家牧溪，他的《六柿图》为何有那样暗沉的色调和情感。如果,牧溪先生来到富平,他面对眼前这天上地下的红霞,会挥毫出一幅怎样的柿子禅画呢?

就在我准备返程时,听到一位年轻妈妈给身旁的小女孩教绕口令:石狮寺前有四十四个石狮子,寺前树上结了四十四个涩柿子,四十四个石狮子不吃四十四个涩柿子,四十四个涩柿子倒吃四十四个石狮子。

柿子山前的柿子绕口令,有趣得像一串串小手,拉住了我的耳朵,也拉住了我的脚步,忍不住跟着学说起来。

晚霞连同柿子的光芒,将我和这对母女一起笼罩,如置身童话场景。

2016年12月7日

遥忆向阳花

◎刘季轩

行走于古都，秋意冷不丁地就砸中了你，法国梧桐的悬铃木敲得满地窸窣，尘土也叫嚷着痛楚。银杏叶找了个凉风的间隙，在脖颈给你划上一抹淡痕。还有各式早熟的柿也蓄势待发——哦！这是金黄在彩排。

车轮也在原野上飞驰，只是飞溅起的是浊黄的稀泥，随大部队，怀着几分紧张几分陌生的心情来到了今年下乡考察的地方——山阳县刘家村。我哪里知道"乡"的真正意义，我又何曾体验过囊萤取火的童真乐趣，甚至于未曾敢说："乡间的夜晚嘛……我知道呀！"因为对于乡村，我只有过清丽的幻想，这一切只会让我在踏上黄土时倍感心虚。可我清丽的梦终究被打破了，泥土不是芬芳，而成了白鞋上的顽渍，草野并非诗情，蓦地从中钻出一只野虫，旁边同行的友人见我这惊弓之鸟状，才使劲儿弹我衣袖，大喝一声："喂！"

村口的向日葵我倒喜欢，它们不是漫山遍野的广袤无垠，就是三两颗掉落的种子在这里生根发芽，落在了刘家村，长在了刘家村，守在了刘家村。我恰好爱这份洒脱。

我是带着藤草编成的花冠一路被村里的孩子拥入到学堂里面去的，他们总是十分欢欣，能笑的不能笑的，好笑的不好笑的，都可以成为他们放声开心的原因。我害怕窘，也担心孩子们多心，就勉强地和着他们一起欢愉。我们这些"老师"在讲台上拿出自己准备好的教案，瑟瑟发抖地在黑板上写下第一行字，孩子们便闹腾了。有黄脸的、灰头发的、辫子散乱了的，有叫不出也记不下名字的，都跃跃欲试起来表现，这样的氛围使我们都倍感高兴。

然而有一次，棘手的事情却发生了。老师鼓励同学们举手起来回答问题，却激起了同班两个男生的纷争。我忙跑过去询问原因，得知后竟有些手足无措，孩子们是为了在课堂上发言顺序的事情在争高低。我只好先是坐到一个男生旁边安慰下他，又再去另一个那里表达关怀。可是，下午再次和这些孩子见面时，一个男生竟露出愤愤的眼神，并加快了步伐。我这才意识到自己当个中间派，给了孩子们多大的失望，原来我被他们鄙夷了！他们会以为我是非不分吗？他们会觉得我虚伪吗？

　　快乐的时光是大多数的，孩子们闲下来的时候也是我们闲下来的时候，他们往往会引着我们走家串户去发放问卷。这个时候我又觉得他们简直骄傲极了，自信极了，交错纵横的山间道路成了他们的游乐场，我刚拍去一个个裤脚上的泥土，转眼他们又在地上草地里打起滚儿了。我无奈，又气又想笑，就且随了他们放纵去。转念一想，这又何尝不是他们的天性呢。

　　时间随着向日葵的摆头而流逝，等到欢喜地盼来了回城的时候，我才把内心隐藏的情绪抖搂出来。这些天来我还是怕了，我怕天生的原野，我怕野生的鸟兽，我不敢触碰一草一木。这样的心思让我困顿，我想，我终究在他们眼里是个外来人吧！

　　回城时先要出乡，又得经过村口的小径旁边，那天，阳光正好，茫茫绿野上荡漾起青翠欲滴的颜色，嘻嘻哈哈的一张张脸庞又被光晕滋养着。那天，我又看见那两个男生，他们一起站在一丛向日葵的最角落，像在找谁。我愣住了，一下子眼里满含了热泪，我连忙朝他们使劲儿挥着拿在手里的衣服，你们看见了吗？

　　我拖着行李箱，再次以回眸的方式向这个村庄致敬，向土地，向荒原，向一盏盏稚嫩的向日葵致敬，愿你们向着光明向着太阳，努力生长，折射出最耀眼的光芒……